ORIGINAL MAN
오리지널 맨

ORIGINAL MAN
오리지널 맨

이문영 지음

블랙홀

CENTER
Hot

차례

오리지널 맨

1. 달아나세요

은혜는 어둠 속에 앉아 있었다. 아무런 빛도 없다. 길은, 이것을 길이라 부를 수 있다면 말이지만, 똑바로 뻗어 있다. 은혜만이 갈 수 있는 길이라 했다. 아빠는 어깨도 다 들어가지 않았다.

"조심해야 한다. 가다가 자세를 바꾸면 안 돼. 방향을 잃어버린다."

그 말은 이해가 되지 않았다. 들어간 곳에서 똑바로 가기만 하면 된다. 어떻게 방향을 잃어버릴 수 있지? 하지만 지금은 무슨 말인지 알고 있다. 완벽한 어둠 속에서는 잠시 멈춰서 등을 기대고 있다가 자기가 어떤 방향으로 가고 있었는지 잊어버릴 수 있다. 왼쪽으로 가야 하는지, 오른쪽으로 가야 하는지 알 수가 없다.

은혜는 첫 번째 휴식에서 그 점을 깨달았고, 그 뒤로는 절대 등을 대고 쉬지 않았다. 차라리 가던 방향 그대로 누워서 쉬는 게 나았다.

통로는 앉을 정도는 되었다. 하지만 설 수는 없었다. 허리를 구부리고 계속 걸어가야 했다. 계속 가다 보면 꺾이는 곳이 나온다고 했다. 머리를 부딪치고 나서야 꺾이는 곳인 줄 알았다. 정수리가 아픈 것보다 소리가 크게 났을까 봐 겁이 났다. 들키면 안 된다.

이제 3분의 1 왔다.

∞∞

남자는 어둠 속에 누워 있었다. 눈을 떠야 한다고 생각했지만 떠지지 않았다. 뇌가 반만 깨어나고 반은 식초에 절여져 시큼한 냄새를 풍기고 있는 것만 같았다.

"……나세요."

무슨 소리가 들렸다. 모기가 앵앵거리는 소리처럼 가느다랗게 들려왔다. 남자는 고개를 흔들어보려 했다. 하지만 머리가 너무 무거워 베개에 들러붙은 것만 같았다. 베개. 남자는 자기가 어딘가에 누워 있다는 사실을 새삼 깨달았다. 베개는 없었다. 캡슐에 들어갈 때만 해도. 그제야 깨달았다. 베개만 없는 것이 아니라 캡슐도 없었다.

조금씩 기억이 뇌 속에서 자라나는 것 같았다. 움직이는 것은 어떤 불상사를 초래할지도 모르기 때문에 아무것도 허용되지 않는다고 했다. 촉감이 매우 좋은 천으로 만들어진, 이음새도 하나 없는 시트 위에 누웠었다. 머리를 대는 부분이 살짝 솟아올라 있었던 것도 기억이 난다. 알몸으로 들어갔었다.

"……라나세요."

알 수 없는 소리가 또 들렸다. 머릿속에서 나는 소리는 아닌 게 분명했다. 남자는 손을 움직여보려 했다. 여전히 알몸인지 궁금했다. 눈을 뜨는 것보다 손을 움직이는 게 조금 더 쉬웠다. 손가락 끝이 엉덩이 부근에 닿았다. 옷을 입고 있었다.

긴 꿈이라도 꾼 것일까. 남자는 다시 까무룩 깊은 어둠 속에 빠져드는 정신을 낚아챘다. 잠들어서는 안 된다는, 알 수 없는 긴장감이 가슴으로부터 올라왔다.

"다라나세요."

다라나…… 달아나라고? 남자의 눈이 드디어 떠졌다. 환한 방이었다. 천장을 올려다보고 있었는데 전등 같은 것은 보이지 않았다. 고개를 천천히 옆으로 돌렸다. 조금이라도 빨리 움직이려 하면 심한 운동 뒤끝의 근육통처럼 온몸이 아팠다. 하얀색으로 칠해진 벽이 있었다. 창은 보이지 않았다. 이번에는 반대편으로 고개를 돌려보았다. 똑같은 모양이었다. 발치 쪽도 마찬가지였다. 천천히 몸을 돌려 머리 쪽을 보았지만 역시 마찬가지 모양이었다. 장식도 없고 그림도 없고 침대 이외에는 가구도 없었다. 네모나고 하얀 방이었다. 빛이 어디에서 들어오는지도 알 수 없었다.

"깨어나셨습니까?"

어디서 들려오는 소리인지 알 수 없었다. 방 안에 사람은 분명히 없었다. 남자가 대답했다.

"여긴……."

자신의 목소리가 너무나 작아서 남자는 놀랐다. 놀란 나머지 말을 마저 잇지 못했다.

"몸이 많이 아프실 테니 무리하게 자리에서 일어나려 하지 마십시오. 각성에 따른 일반적인 부작용이니 걱정하지 않으셔도 됩니다."

각성이라. 이제야 조금 정신이 돌아오는 것 같았다. 그렇다. 이제 깨어난 모양이다. 드디어 깨어나도 되는 시대가 온 모양이다.

"여긴 어딥니까?"

"잠시만 기다려 주십시오. 곧 건강검진을 실시하도록 하겠습니다."

"전쟁은? 전쟁은 어떻게 되었습니까?"

답변이 없었다. 남자는 초조해하지 않으려고 노력했다. 건강검진이라고 했으니 의사가 곧 올 것이다. 얼굴을 마주하고 물어보면 될 일이었다.

"달아나세요."

다시 그 소리가 들렸다. 남자는 천천히 몸을 일으켰다. 소리가 대체 어디에서 오는 것인지 궁금했다. 아찔한 현기증이 덮쳐왔다. 속이 울렁거렸다. 토하고 싶은 기분이었지만 배 속에 토해질 것이라고는 아무것도 없을 게 분명했다. 병실이 빙빙 도는 것 같아서 남자는 다시 자리에 드러누웠다.

은혜는 손가락으로 벽에 튀어나와 있는 대롱을 헤아렸다. 바람이 등짝을 때리고 대롱 속으로 사라지고 있었다.

은혜가 어둠 속에서 할 수 있는 일이라고는 여섯 번째 대롱에 입을 대고 "달아나세요"라고 입술을 달싹대는 것뿐이었다. 큰 소리로 말해선 안 되었다. '퓨처'는 귀가 밝은 편은 아니었다.

때로는 분명하게 말했는데도 잘못 알아듣는 경우도 있었다. 낮은 목소리로 웅얼거리듯이 말하면 퓨처는 무슨 말을 하는지 알아듣지 못했다. 은혜는 퓨처가 알아듣지 못하도록 모의 감지 시스템 앞에서 몇 번이고 테스트를 했다. 퓨처가 알아듣기에는 작고 오리지널 맨에게 들리기엔 충분한 정도의 소리여야 했다.

첫 번째 시도가 제일 중요했다. 한 번 통과하면 그다음부터는 문제가 없겠지만, 단번에 들통이 나면 모든 일이 끝장이었으니까. 다행히 퓨처는 반응하지 않았다. 하지만 너무 낮아서 오리지널 맨에게도 들리지 않았는지 그쪽에서도 아무런 반응이 없었다. 그가 일어나서 문을 열고 밖으로 나와야 도와줄 수 있다. 은혜는 침착하게 톤을 유지하면서 계속 웅얼거리듯이 말했다.

"달아나세요."

남자의 의식이 돌아왔다. 얼마나 졸았는지는 알 수가 없다.

"일어나셨군요."

의사가 들어온 모양이었다. 대체 어디로? 남자는 무거운 눈꺼풀을 역기라도 들어 올리는 것처럼 간신히 밀어 올렸다. 하얀 천장을 배경으로 하얀 물체가 보였다. 사람 같은 형상이기는 했다. 감염방지복 같은 것일까? 상대는 설인처럼 보일 정도로 하얀 옷을 입고 있었다. 상하의가 일체로 된 옷이다. 눈 부위만 유리로 되어 있고 아무 곳도 노출되어 있지 않았다.

유리 너머로 보이는 눈 부위는 어디선가 본 적이 있는 모양새였다. 자글자글한 주름은 그가 적지 않은 나이라는 것을 알려줬다. 하지만 그 눈과 마주치는 순간 남자는 알 수 없는 공포감에 휩싸였다. 의사만 보면 움찔하는 습성이 사라지지 않은 모양이라고 생각했다.

"아아, 네. 일어났습니다."

몸을 너무 빨리 일으키려 했던 모양이다. 다시 현기증과 구토 증세가 밀려왔다. 등허리에 통증도 느껴졌다.

"몸이 욱신거리죠? 경직이 아직 풀리지 않은 탓입니다. 근육이완제를 투여할 테니 잠시만 참으십시오."

남자는 의사가 아는 사람인 것 같다는 생각을 떨칠 수가 없었다. 목소리도 귀에 익었던 것이다. 같이 잠든 사람 중에 의사가 있었던가? 있었을 수도 있다. 하지만 모인 사람들끼리 딱히 인사라고 할 것이 있었던가?

"전쟁은 어떻게 되었나요?"

의사를 알건 모르건 그건 당장 중요한 문제가 아니었다. 남자는 전쟁의 결과가 너무나 궁금했다. 자꾸 눈이 감겨왔다.

"전쟁이라뇨?"

"몰라요? 3차 세계대전 말입니다."

"잘 모르겠습니다."

따끔한 충격이 왔다. 주사인 모양이었다.

"근육이완제 때문에 잠이 올 겁니다. 편히 주무세요."

"지금 몇 년도죠?"

의사가 뭔가 말했다. 하지만 남자는 알아듣지 못했다. 의사의 목소리가 아버지 목소리와 꽤나 닮았다는 생각이 들었다. 근육이완제가 졸음을 부른다고? 신경안정제 아닌가? 남자는 더 이상 생각할 수가 없었다.

∞∞

오리지널 맨이 있는 곳에서 오가는 소리는 은혜에게도 그대로 전달이 되었다. 오리지널 맨이 코를 골기 시작하자 사람들이 들어오는 소리가 났다.

"완전히 곯아떨어졌군."

"오리지널 맨이라고 해도 신체 사항은 우리와 다를 게 없으니까."

"우리와 다를 게 없는 정도가 아니지."

웃음소리가 들렸다.

"그래도 불안해서 투입량을 1.5배로 늘렸어."

"잘했어."

말소리가 멈추더니 물건들을 움직이는 소리가 들렸다. 무슨 일인지 알 수 없어 은혜는 불안했다.

"그럼 시작해볼까?"

"마취제는?"

"흡입기 가동."

"마취까지 할 필요가 있나?"

"만약을 대비해서야. 하나라도 어긋나면 안 되니까."

오리지널 맨에게 뭔가 이상한 짓을 하고 있는 건 분명했지만 그게 뭔지는 알 수가 없었다.

은혜의 배에서 꼬르륵 소리가 났다. 깨어났던 때에는 배가 고프지 않았으니 그 뒤로 한참 지났다는 것은 알 수 있었지만 시간이 얼마나 흘렀는지는 모를 일이었다. 옛날에는 시간을 재는, 시계라는 기계가 있었다고 했다. 은혜는 보이지 않는 것을 어떻게 재는지 이해할 수가 없었다.

사람들이 나가는 소리가 들렸다. 은혜는 다시 입을 열었다.

"달아나세요."

남자는 '달아나세요'라는 말에 다시 눈을 떴다. 오래 잤는데도 개운한 기분이 아니었다. 몸을 뒤척이다 보니 종아리 부근이 당겼다. 무심히 손을 뻗으려다 보니 몸을 일으키게 되었다. 당기는 부분에 손을 댔다가 아파서 깜짝 놀랐다. 자세히 살펴보니 작은 생채기였는데 안에 고름이라도 찬 것 같은 기분이었다.

살살 눌러보니 아픈 것이 좀 진정되는 것 같았다. 분명 깨어 있을 때는 없었는데 웬 상처인지 알 수 없었다. 자다가 뒤척이면서 난간에 긁히기라도 한 걸까? 그렇게 보기에는 너무 급작스러운 상처였다. 긁혔을 때 바로 깼어야 정상일 것이다. 다행히 통증은 빠르게 줄어들었다.

침대에서 내려서 다리에 힘을 주고 일어났는데 아픔을 느낄 수 없었다. 몇 걸음 걸어보자 조금 당기는 기분이 들었지만 걷는 데는 지장이 없었다. 남자는 제자리에서 무릎을 높이 치켜세우며 힘을 주어 제자리 뛰기를 해보았다. 역시 아무렇지도 않았다.

마음이 좀 놓이자 주변이 눈에 들어오기 시작했다. 제일 먼저 눈치챈 것은 출입구가 보이지 않는다는 점이었다. 하얀 벽면은 사방이 모두 매끈하기만 했다. 순간적으로 온몸이 오싹해졌다.

왜 출입 장치를 찾을 수 없을까? 여기 갇힌 것인가? 감옥에 있는 것일까?

침대 외에는 아무것도 없는 하얀 공간. 각 벽은 길이가 대략 3미터 정도였고 높이는 2미터 20 정도였다. 감옥이라면 변기나 세면대도 같이 있어야 할 것 같았는데 그런 게 없는 걸로 보아 병실인 것 같다는 생각도 들었다. 난폭한 정신병자를 가둬두는 병실.

"달아나세요."

환청일까? 미쳐서 듣는 소리일까? 남자는 자신이 아직 미치지 않았다면 곧 미칠 것 같다는 생각을 했다. 달아나라는 저 소리는 일정하지 않은 간격으로, 성의 없는 목소리로 되풀이되고 있었다. 남자는 불안해서 견딜 수가 없었다. 왜 여기에 갇혀 있는 걸까?

"누구야! 누가 말하는 거야! 왜 달아나라는 거냐고!"

웅얼거리는 소리가 응답했다.

"당시늘 주길 거예요. 무니 열리면 다라나야 해요. 마취를 하고 당시네게 벌써 나쁜 지슬 해써요. 빨리 다라나지 아느면 죽고 마라요."

마취를 하고 벌써 나쁜 짓을 했다고? 남자는 통증을 느꼈던 종아리를 내려다보았다. 뭔 짓을 한 걸까? 조직을 채취한 건가?

생체 실험을 한 건가? 남자는 다시 고함을 질렀다.

"대체 그게 무슨 소리예요? 누가 왜 날 죽인다는 거죠?"

"설명할 시가니 엄써요. 다라나세요. 다라나야만 해요. 제 마를 미드세요."

"그렇게 말해봤자……."

남자가 입을 여는 순간 그의 눈앞에서 벽면이 양쪽으로 갈라졌다. 들어서는 사람은 여전히 얼굴을 가린 하얀색 옷을 착용하고 있었다. 그는 한 손에 뭔가를 위쪽을 향하게 받쳐 들고 있었다. 남자는 순간적으로 그가 받쳐 들고 있는 것이 총이라고 생각했다. 등골에 전율이 일었다. 정말 자신을 죽이려 들어선 것일 수도 있었다.

사리를 따지는 건 나중 일이고 일단 움직여야 했다. 지금까지 살아남은 이유도 그가 움직일 줄 아는 사람이었던 덕분이었다. 남자는 들어선 사람의 '총'을 든 손을 붙잡으며 그의 다리에 딴지를 걸어 자빠뜨렸다. '총'이 떨어져 나갔다. 엉덩방아를 찧은 사람이 당황한 목소리로 외쳤다.

"박상현 씨! 이게 무슨 짓입니까?"

남자는 그제야 자기 이름이 '박상현'이라는 게 떠올랐다. 하지만 뒤를 돌아보지는 않았다. 일단 그 자리를 벗어나야 했다. 무작정 달리기 시작했다. 아무도 해치지 않았으니 설령 잘못된 판단이라 해도 큰일이 생기진 않을 것이었다.

복도 역시 하얀색으로 칠해져 있었다. 먼지 하나 보이지 않는 깔끔한 모습이었다. 복도는 곧게 뻗어 나가다가 양 갈래로 갈라졌다. 복도의 좌우 벽면에는 일정한 간격을 두고 검은색 직사각형 선이 그어져 있었다. 문이 틀림없었다. 방의 내부에서는 보이지 않지만 외부에서는 문이 보이게 되어 있는 것이다. 직사각형 선 안에 은색 바탕으로 된 표찰이 있었다. 빨간색 숫자들이 적혀 있었다. 각 방을 지칭하는 숫자일 것이다. 문을 여는 장치도 어딘가 따로 있을 것이 분명했다. 마치 감옥처럼 간수들이 보관하는 형태일지도 몰랐다.

"박상현 씨! 박상현 씨!"

자빠졌던 사람이 상현을 부르며 쫓아오고 있었다. 상현은 팔팔한 이십대인 자신이 눈가가 자글자글한 저런 중년 남자에게 따라잡힐 리는 없다고 스스로에게 속삭였다. 그리고 그 순간 자신이 스물넷의 청년이라는 사실도 떠올랐다. 바로 의문이 들었다. 자기가 정말 이십대인지 자신이 없었다. 멈춰진 시간이 얼마나 되는지 알 수 없었기 때문이다. 하지만 그런 문제는 나중에 생각해야 했다. 도망치는 게 급선무였다.

가까운 것처럼 보였던 갈림길은 도무지 도달할 수가 없었다. 온통 하얀색뿐이라 공간 감각이 제대로 작동하지 않았던 것이다. 뛰는 동안 열린 곳이 있으면 뛰어들 생각도 했지만 그런 곳은 단 한 군데도 보이지 않았다. 숨이 턱에 달하는 순간 드디어 갈림길에 도달했다. 왼쪽으로? 오른쪽으로? 상현은 바른쪽이 바른 쪽이라는 우스개를 떠올리면 오른쪽으로 몸을 돌렸다.

그 순간 기다렸다는 듯이 검은색 선으로 표시된 문이 열렸다. 상현은 발걸음을 멈추지 않고 바로 방 안으로 뛰어들었다. 문이 닫혔다. 방 안은 어두웠고 텅 비어 있었다.

∞

드디어 오리지널 맨이 움직였다.

은혜는 그의 발소리를 쫓아서 환풍구 안을 이동했다. 그보다 더 빨리 움직여야 했는데 그가 하필이면 일직선 방향으로 움직여서 쉬운 일이 아니었다. 상현은 복도가 나뉘는 첫 번째 방에 있었는데, 방을 빠져나와서는 복도가 멀리 뻗어 있는 쪽으로 뛰기 시작했던 것이다. 덕분에 은혜도 정신없이 환풍구를 기어가야 했다.

상현에게는 리모트 키가 없다. 방문을 열 수 없을 것이니 복도가 갈라지는 곳까지 가야만 할 것이었다. 그곳에서 오른쪽으로 갈 수도 있고, 왼쪽으로도 갈 수 있으니 양쪽 문을 다 열어놓는 것이 현명한 선택일 것이었다. 하지만 리모트 키를 작동시키려면 신호가 닿는 거리까지는 가야만 했다. 환풍기 안에서 작동시켜야 하니 더 가까이 가야만 했다. 상현이 그전에 그곳을 지나쳐버릴 수 있었다.

다행히도 조금 기어가다 보니 B구역으로 내려가는 환풍구가 기울어져 있었다. 은혜가 미끄럼을 탈 만큼은 아니었지만 그래도 경사진 곳을 기어가는 것이 훨씬 수월했다. 내려가면서 은혜는 수시로 리모컨을 꺼내 확인했다. 상현이 움직이게 된 이상 어디쯤 있는지 알 방법은 없었다. 은혜는 기어가면서 B-174와 B-175 두 문을 열 수 있게 세팅을 했다. 문은 사람이 통과한 뒤에 자동으로 다시 닫힐 것이다.

은혜는 숨을 헐떡이며 벽면을 더듬었다. 대롱이 손가락 끝에 걸렸다. 은혜는 대롱들 앞으로 고개를 들이밀었다. 오리지널 맨이 어느 방에 들어갔는지 확인해야 했다. 처음에는 무리한 자신의 심장 소리만 들려왔다. 마음을 가라앉히자 거친 숨소리가 들려왔다. 귀를 기울이며 관을 세었다. B-175호.

이제 B-175호로 가야 했다. 문은 이미 닫혔으니 오리지널 맨이 어디로 사라질 일은 없었다. 환풍구를 통해서는 B-175호 내부로는 들어갈 수가 없다. 환풍구는 단단하게 잠겨 있고 은혜 쪽에서는 나사를 돌릴 수가 없다. 때문에 방의 내부로 들어가려면 배선 통로를 이용해야 했다. 배기구에서 배선 통로로 내려간 뒤에 해당 방까지 이동해야 한다. 빛이라고는 하나도 없는 더러운 통로를 지나가야 한다. 은혜는 길게 한숨을 내쉬었다. 배선 통로에는 안내판 같은 것이 없기 때문에 방향을 잘 잡아야 한다. 리모컨을 세팅하면 B-175로 들어가는 배선 통로에 도달했을 때 신호가 오게 할 수 있다. 자칫 감각이 흔들려 길을 잃으면 배선 통로의 미로 속에서 영영 나올 수 없게 된다.

은혜는 방향을 확실히 잡은 후에 환기구에서 배선 통로로 이어지는 수직 통로로 들어갔다. 툭 떨어지면 큰일이다. 두 팔과 두 다리를 벌려 벽면을 지지하고 조심조심 아래로 내려갔다. 자세를 흐트러트리지 않기 위해 조심했다. 내려간 다음에는 정면을 향해 기어가야 했다. 계산대로라면 그리 멀지 않은 곳에 B-175호 배선 통로관이 있을 것이었다.

그리 멀지 않은 곳이라고 생각했으나 손에 꼭 붙잡고 있는 리모컨에 신호가 오지 않았다. 은혜는 길을 잘못 든 건 아닐까 점점 더 불안해졌다. 이젠 안 되겠다 싶어 돌아가려고 생각하는 순간 리모컨에 붉은 등이 들어왔다. 드디어 도착한 것이다.

은혜는 오리지널 맨이 너무 놀라지 않기를 빌며 리모트 키를 눌렀다. 붉은 선이 보였다.

붉은 선은 방 안에서 어쩔 줄 몰라 하고 있던 상현의 눈에도 보였다. 상현은 반사적으로 붉은 사각형 선으로부터 가장 먼 곳으로 이동했다. 뭔가 무기로 쓸 만한 것이 있을까 둘러보았지만 처음 자신이 갇혀 있던 곳과 마찬가지로 철제 침대 하나밖에 없었다. 상현은 시트를 벗겨내 둘둘 만 다음 양손에 거머쥐었다. 뭐가 되든 없는 것보다는 나을 것이다.

은혜는 살며시 붉은 사각형 안에 손을 댔다. 사각형 판이 조용히 옆으로 밀려났다. 배선을 수리하기 위한 출입구다. 방 안에 제대로 된 불은 켜져 있지 않았지만 최저 상태의 조명은 들어와 있어서 깜깜한 곳에서 나온 은혜는 방 안을 충분히 살펴볼 수 있었다.

"누, 누구냐!"

"쉿!"

오리지널 맨의 목소리가 너무 컸다.

"그렇게 큰 소리를 내면 안 돼요."

"너, 넌 누구냐?"

목소리가 바로 작아졌다. 오리지널 맨이 아주 바보는 아닌 모양이었다.

"은혜라고 해요."

"은혜?"

오리지널 맨은 여전히 시트를 감은 두 팔을 내려놓지 않고 있었다.

“넌 누구냐? 여긴 어디고? 나한테 무슨 일이 생긴 거지? 다른 사람들은 어디 있지? 여긴 병원이냐, 감옥이냐?”

은혜는 히죽 웃었다. 아빠가 해준 말을 그대로 하고 있었다.

“불을 좀 켤 순 없냐? 모두 너무 흐릿하게 보여서 힘들어. 머리도 아픈 것 같고.”

“안 돼요. 불을 켜면 우리 위치가 노출되잖아요.”

“노출돼? 누구한테?”

“센터 요원들, 아니면 처형 로봇한테요.”

오리지널 맨은 팔을 늘어뜨렸다.

“처형 로봇? 그건 또 뭐지? 여기가 생명보존센터냐?”

은혜는 생명보존센터라는 말을 처음 들었다.

“네? 아닌데요? 여기는 도시보존 지휘센터예요. 보통 그냥 센터라고 불러요.”

센터라는 명칭은 오직 여기에만 붙어 있다.

“지금 몇 년인지 아니? 서기로.”

“서기가 뭔지 모르겠지만, 지금은 2127년이에요.”

오리지널 맨은 그 숫자에 충격을 받은 것 같았다. 비틀거리다가 은혜에게 등을 돌리고 침대에 걸터앉았다. 그는 한참 아무 말도 없다가 다시 입을 열었다.

"네가 나보고 도망치라고 한 거지?"

"달아나세요,라고 했어요."

"그게 그거지. 대체 어디서 말을 한 거니? 전혀 보이질 않던데. 그런데 내 말은 다 듣는 것 같았고. 천장에 숨어 있었던 거야?"

"천장에서 말한 건 아니에요. 환기구 통로에서 말한 거예요. 거기에 아저씨 있던 방으로 통하는 관이 있거든요."

오리지널 맨은 고개를 갸웃했다. 은혜를 못 믿는 눈치였다.

"목소리가 다른 것 같은데, 나한테 말한 사람은 말소리가 분명하지가 않았어. 너는 아주 분명하게 이야기를 하는데……."

은혜가 킥킥거리며 낮게 웃었다.

"지금처럼 얘기했다가는 당장에 퓨처한테 들킨다고요."

오리지널 맨의 얼굴은 더 심각해졌다.

"그 방에서는 들키고 이 방에서는 안 들킨단 말이야? 앞뒤가 안 맞는데?"

은혜는 고개를 흔들었다. 멀쩡해 보이는 어른이 어떻게 이런 것도 모르는지 알 수가 없었다.

"아저씨, 어른 맞아요? 어떻게 그런 것도 몰라요?"

"내가 뭘 모른다는 거지?"

"환기구를 통하는 소리는 퓨처가 다 감시해요. 그건 누구나 다 아는 거잖아요. 그래야 공기 순환에 문제가 있는지 없는지 아니까요. 그래서 퓨처에게 안 들리는 톤을 낼 수 있도록 연습해야 하는 거라고요. 방 안에선 그 정도까지 할 필요는 없어요."

오리지널 맨의 얼굴이 붉어졌다 푸르러졌다 하얘지고 말았다. 비틀대다가 침대에 걸터앉았다.

"이게, 대체 무슨 일인지 모르겠어. 정신이 하나도 없다."

오리지널 맨은 두 손으로 얼굴을 감싸고 한참을 가만있었다.

"좋아."

오리지널 맨이 얼굴을 들었다.

"네 말이 맞다 하자. 네가 있었던 그 환기구라는 곳에 가볼 수 있을까?"

"아저씨는 못 가요."

은혜도 간신히 지나올 수 있는 통로다. 당연히 아빠 덩치만 한 오리지널 맨이 지나갈 방법은 없었다. 오리지널 맨의 얼굴이 다시 의심으로 가득 찼다.

"흠……. 그럼 나보고 왜 달아나라고 한 거야? 누가 시킨 거지?"

"아빠가 부탁했어요."

"내가 거기 있으면 죽을 거라고 했지? 그것도 아빠가 말해준 거야?"

"네."

"왜, 누가 날 무엇 때문에 죽이려고 한다는 거지?"

"몰라요."

은혜의 태연한 대답에 오리지널 맨의 얼굴이 붉게 달아올랐다.

"야! 너!"

"쉿! 조용히 해요. 목소리가 너무 크면 퓨처가 듣는단 말이에요."

오리지널 맨은 기가 막힌다는 듯이 코웃음을 쳤다.

"너, 몇 살이니?"

"열두 살이에요."

오리지널 맨이 어이없다는 듯이 중얼거렸다.

"열 살도 안 된 것 같은데……."

은혜의 얼굴이 빨갛게 달아올랐다.

"열두 살이라고요! 남들처럼 잘 먹으면 더 컸을 거고요! 앞으로 더 커질 거예요!"

성질은 났지만 센터에서는 절대 소리를 높이지 말라는 아빠의 가르침을 잊지는 않았다. 은혜는 이를 악물었다.

"어, 어, 미안. 그냥 아무 생각 없이 한 말이었어."

"앞으론 생각 좀 하고 말하세요!"

은혜는 발을 탕 굴렀다. 바닥에 붉은 사각형이 나타나더니 옆으로 밀려났다.

"나도 그리로 가야 하니?"

은혜가 고개를 저었다.

"아저씨는 못 나가요. 나도 간신히 지나갈 수 있어요."

"그럼 나는?"

"아빠가 올 거예요. 그땐 잘 생각해서 얘길 하라고요!"

더는 오리지널 맨과 이야기하고 싶지 않았다. 작다고? 작고 싶어 작은 게 아니다. 늘 배가 고파서 작은 거다. 작아서 오리지널 맨을 도와줄 수 있었다. 고마운 줄도 모르는 바보. 그러고 보니 오리지널 맨의 이름도 묻지 못했다. 그렇다고 돌아가서 이름을 물어볼 때도 아니었다. 은혜는 그대로 내려가 배선 통로 문을 닫아버렸다.

은혜는 화가 났다. 화풀이를 할 곳이 없으니 오리지널 맨이 안 보이는 배선 통로로 내려와버린 것이다. 은혜의 머리 위로 오리지널 맨이 초조하게 왔다갔다 하는 소리가 또렷이 들렸다. 오리지널 맨이 길게 내쉬는 한숨 소리도 들을 수 있었다. 한숨 소리를 들으니 조금 미안한 생각이 들었다. 생각해보면, 그 사람은 지금 무슨 일이 벌어졌는지 하나도 모를 것이다. 그냥 내

버려두고 오는 것은 잘못이었을지도 모른다. 아빠가 야단을 칠지도 몰랐다.

조금 놀라운 것은 오리지널 맨의 얼굴이었다. 아빠와 정말 닮았다. 여기 어른들은 다 비슷비슷하게 생기긴 했지만 오리지널 맨은 뭔가 좀 다를 줄 알았는데, 특이한 면이 하나도 없어서 실망스럽기까지 했다. 다른 점이라고는 바보라는 것뿐일까? 다른 사람의 기분도 살필 줄 모른다. 저런 사람 손에 우리 운명이 달렸다니. 우리는 얼마나 불행한 걸까?

문이 열리는 소리가 들렸다. 아빠가 온 모양이다. 은혜도 배선 통로 문을 열고 방으로 돌아갔다. 오리지널 맨은 또 시트를 감아쥐고 구석에 바짝 붙어 있었다. 감염방지복을 입은 사람이 문 앞에 서 있었다. 아빠가 아닐 수도 있었다. 은혜는 은신처에서 너무 빨리 나온 건 아닐까 불안했다.

"아빠?"

감염방지복은 조용히 고개를 끄덕였다. 고개를 숙였을 때 보이는 눈을 통해 아빠가 맞다는 것을 확인했다.

"이리로 오십시오."

오리지널 맨은 꼼짝도 하지 않았다.

"우리 아빠예요. 빨리 오세요."

아빠도 말했다.

"저는 김영호라고 합니다. 저를 믿고 이리 오십시오."

오리지널 맨이 고개를 저었다.

"이게 다 무슨 일입니까? 설명을 듣기 전엔 꼼짝 않을 겁니다."

"그럴 시간이 없습니다. 위험이 시시각각 다가옵니다."

"위험이라니! 무슨 위험!"

소리가 너무 컸다. 은혜는 아빠를 바라봤다. 아빠가 어떻게 할지 알 수가 없었다. 아빠는 감염방지복의 지퍼를 내려 얼굴을 드러냈다. 오리지널 맨은 아빠의 얼굴이 잘 안 보이는 듯 가까이 다가섰다. 이제는 어둠에 눈이 어느 정도 익숙해진 모양이었다. 아빠의 얼굴을 바라보던 오리지널 맨의 얼굴이 놀라움에 일그러졌다. 오리지널 맨은 말을 잊은 것처럼 아빠의 얼굴을 뚫어지게 보았다. 그러다가 귀신을 본 것처럼 황급히 뒤로 물러나면서 덜덜 떨리는 목소리로 말했다.

"뭐, 뭐야! 당신 뭐야?"

"저를 믿으십시오. 어서 빠져나가야 합니다."

오리지널 맨은 비틀거리다가 벽을 짚었다.

"여기서 나가면 모든 것을 설명 드리겠습니다. 이곳은 너무나, 너무나 위험합니다. 언제 들킬지 모릅니다."

"오지 마! 오지 마!"

오리지널 맨은 주저앉은 채 뒤로 물러났다. 벽에 등이 부딪쳐 더 갈 곳이 없는데도 계속 발로 바닥을 밀었다.

"소리 낮춰요!"

은혜가 오리지널 맨 옆으로 달려갔다. 그제야 은혜의 얼굴을 똑바로 쳐다본 오리지날 맨은 더 큰 소리를 내질렀다.

"넌 또 뭐야! 왜 나랑……."

오리지널 맨은 은혜의 양 팔을 붙잡고 흔들었다.

"너희들 대체 뭐야! 여긴 어디냐고!"

방 안이 쩌렁쩌렁 울렸다. 이제 들키는 건 시간 문제였다.

"어쩔 수 없군."

아빠의 손에 주사기가 들려 있었다. 오리지날 맨은 벌써 비틀거리기 시작했다.

"웬만하면 사용하고 싶지 않았는데……."

"그거 마취 주사예요?"

아빠가 고개를 끄덕였다.

"자, 오리지널 맨을 붙잡아라. 통 안에 넣어야겠다."

아빠는 뒤쪽에 가지고 들어온 커다란 푸른색 플라스틱 통 안에 오리지널 맨을 집어넣었다. 다리부터 집어넣기 위해서 통을 일단 쓰러뜨려야 했다. 통을 다시 세우고 나니 은혜의 뱃가죽은 아예 등짝에 달라붙은 것만 같았다.

2. 인류생존 프로젝트

은혜까지 그 플라스틱 통에 들어갈 수는 없었다. 은혜는 들어왔던 길로 되돌아갔다. 환풍구로 돌아가기 위해서 수직 통로를 올라갈 때는 정말 힘들었다. 자칫하면 미끄러질 것만 같아 온 힘을 다 써야만 했다. 입구에 도달했을 때는 온몸이 땀범벅이 되고 말았다.

은혜가 은신처에 먼저 도착했다. 아빠와 오리지널 맨은 아직도 오지 않았다. 아빠가 가지고 온 플라스틱 통은 폐기물을 담는 쓰레기통이었다. 쓰레기통들은 배출 시간이 정해져 있다. 아빠는 사출구에 플라스틱 통을 밀어 넣은 다음 그것이 폐기장으로 이동하기 전에 빼내야 했다.

수없이 해왔던 것이라 잘못될 일은 없었다. 그런 식으로 물품을 빼돌리는 것이 '반군'의 주요한 수입이었다.

은혜는 부엌으로 가서 찬장을 뒤졌다. 먹을 게 좀 있으면 좋겠지만 남은 게 없었다. 반군 내에서 만든 약식 정수기에 조금 남은 물이 전부였다. 오리지널 맨에게 필요할지도 모르니 그 물을 다 써버리는 건 안 될 일이었다. 아빠가 올 때까지 주린 배를 움켜쥘 수밖에 없을 것 같았다.

문이 열렸다. 영호가 플라스틱 통을 밀어 넣었다.

"나오셔도 됩니다."

플라스틱 뚜껑의 문이 튀어 올랐다. 그새 눈이 새빨갛게 충혈된 오리지널 맨이 힘겹게 몸을 일으켰다.

"으……."

"미안합니다. 다른 방법이 없었습니다. 저는 반군 소속의 김영호라고 합니다."

김영호가 다시 한 번 자기 소개를 했다. 오리지널 맨은 아직 정신을 못 차린 것 같았다. 그는 어지러운 방 안을 둘러보고는 그 자리에 털썩 주저앉았다.

"당신들 대체 뭐요? 왜 나랑 똑같은 얼굴을 하고 있죠?"

은혜가 픽 웃어버렸다.

"사람이니까 그렇죠. 별 소릴 다 듣네요."

오리지널 맨은 머리를 감싸 쥐었다.

"사람이니까 그렇다니! 그게 무슨 말도 안 되는……."

영호는 감염방지복의 지퍼를 내려달라고 손짓을 했다. 은혜가 얼른 등 뒤의 지퍼를 끌어 내렸다.

"진정하세요. 차근차근 설명 드리도록 하겠습니다. 놀라는 것도 당연하죠. 책에서 봤습니다."

"책에서? 뭘 말이요? 대체 여긴 어디죠?"

"여긴 반군 아지트 중 하나입니다."

"반군이라고요? 무슨 뜻인가요, 그게?"

옷을 벗고 있던 영호가 희미하게 웃음을 지었다.

"하긴 무슨 말인지 모르시겠죠. 우선 이걸 보면 안심이 좀 되겠죠? 당신 가방입니다."

영호는 감염방지복 안에서 검은색 가방 하나를 꺼냈다. 펑퍼짐한 감염방지복은 이런저런 물건을 숨기기에도 적합한 옷이었다.

오리지널 맨은 가방을 넘겨받자 안의 물건들을 하나씩 꺼내보기 시작했다. 은혜는 처음 보는 물건들이 많았다. 은색을 띤

납작한 직육각형 물건, 역시 직육각형이지만 손가락 마디만 한 플라스틱 물건들 몇 개, 가죽으로 싸인 수첩, 티셔츠와 헐렁해 보이는 바지, 드라이버와 니퍼, 그리고 전선줄에 연결된 콘센트, 거기에 도무지 뭔지 모르겠는 몇 가지 물건이 더 있었다.

오리지널 맨은 은색 직육각형 물건의 중간쯤을 잡았다가 위로 젖혔다. 조개가 입을 벌리는 것처럼 그 물건은 둘로 갈라졌다. 모니터로 보이는 것과 자판이 드러났다.

"그게 뭐예요?"

"V-315, 노트북이야."

"노트북?"

"휴대용 컴퓨터야. 지금은 없는 물건인가?"

"처음 봤어요."

전자제품 자체가 거의 없다. 전기를 많이 사용할 수 없기 때문이다.

"일단 앉으시죠. 시장하신지요?"

영호가 먼저 의자에 앉고 오리지널 맨에게도 의자를 권했다.

"배는 고프지만…… 먹는 것보단 이야기를 하고 싶군요. 물이나 한잔 마셨으면 좋겠습니다."

은혜는 얼른 물을 한잔 가져왔다. 역시 물을 마시지 않고 있기를 잘했다. 단숨에 물을 들이켠 오리지널 맨이 잔을 탁 소리나게 내려놓고는 입을 뗐다.

“제가 누군지는 알고 있는 건가요?”

은혜가 얼른 말했다.

“오리지널 맨이요!”

“뭐?”

아빠가 껄껄 웃었다.

“무슨 뜻인가요, 그게?”

“말 그대로입니다. 우리의 원형, 우리의 원본이죠.”

“뭐라고요? 나는 말이죠, 나는 박상현입니다. 프로그래머 박상현!”

오리지널 맨의 이름이 되게 평범해서 은혜는 저도 모르게 웃어버렸다. 아빠가 그 이름을 힘주어 말했다.

“그럼 상현 씨, 하나하나 풀어가 보죠.”

상현은 자기 물건들을 받게 되자 긴장이 풀린 모양이었다.

“상현 씨는 어디까지 기억하고 있습니까?”

상현이 눈썹을 찌푸렸다.

“대형 테러가 미국에서 발생했죠. 뉴욕과 로스앤젤레스가 동시에 타격을 입었고, 미국은 배후로 이란을 지목하고 나섰습니다. 이란이 시리아, 러시아와 연계한 데다 중국까지 반미 연합전선에 뛰어들면서 세계는 언제 핵폭탄이 사용되어도 이상할

게 없는 상황이 되었죠. 전쟁은 아슬아슬하게 핵을 사용하지 않고 수십 년이나 지속되었습니다. 우리나라도 한미방위조약에 따라 전쟁에 참전했고, 중국군과 압록강을 경계로 밀고 당기는 싸움을 벌여야 했어요. 그러다 핵에 대한 공포 때문에 인류생존 프로젝트가 수립되었습니다."

"인류생존 프로젝트라는 게 뭔가요?"

상현이 고개를 갸웃했다.

"지금은 대체 몇 년도인가요?"

"상현 씨 질문에는 좀 있다가 답해드릴게요. 서로 궁금한 게 많으니까 하나씩 의문을 풀지 않으면 끝이 없을 거예요."

상현은 못마땅하다는 표정을 지었지만 고개를 한 번 세차게 흔들고는 다시 입을 열었다.

"좋아요. 인류생존 프로젝트는 핵전쟁으로 인간이 생존을 보장하지 못하는 상황이 되었을 경우를 대비해 냉동인간을 만드는 계획이었어요. 나도 그중 한 사람이었죠."

은혜가 끼어들었다.

"왜 냉동인간이 되려고 한 거예요?"

상현이 얼굴을 찌푸렸다.

"냉동인간이 되려고 한 게 아니야. 살아남으려고 한 거지. 덕분에 지금 살아남은 거고."

영호가 은혜를 나무랐다.

“은혜야. 우선은 말을 듣자. 계속 말씀해주시죠. 인류생존 프로젝트 이야기를 하셨습니다.”

“그러죠. 인류생존 프로젝트 계획은 북한이 핵무기를 개발할 때 수립되어 비밀리에 진행되었던 겁니다. 먼저 냉동인간을 안전하게 보존할 수 있는 생명보존센터를 건립하는 일부터 시작했는데, 그 위치가 어디인지는 나도 몰라요.”

“생명보존센터로 직접 가셨던 것 아닌가요? 왜 위치를 모르나요?”

“확실한 건 서울이 아닐 거라는 것 정도? 아니, 서울이었을지도 모르죠. 우리는 창이 없는 버스를 타고 꽤나 오랜 시간을 이동해서 센터 안으로 들어갔어요. 출발한 곳은 서울이었지만 버스에서 나왔을 때 이미 센터 안이었으니 어딘지 알 도리가 없죠.”

“버스라는 건 화석연료로 움직이는 장치, 여러 사람을 그 안에 넣고 자유롭게 움직이는 기계 장치를 말하는 거죠?”

“맞아요. 여긴 버스가 없습니까?”

“그런 이동 수단은 없어요. 엘리베이터나 에스컬레이터는 있습니다.”

상현이 머리를 흔들었다.

"계속 말씀해주시죠. 그러니까 버스에 태워서 뺑뺑 돌아서 어디로 간 건지는 전혀 모른다는 말씀이죠?"

"그래요."

"냉동인간이 될 사람들은 어떻게 선발한 건가요?"

"선발 기준이 뭔지는 모르겠어요. 젊은 사람 위주로 뽑은 건 분명해요. 생존이 목적이었으니까 그렇게 골랐겠죠. 건강하고 유전적으로 문제가 없는 사람들로요. 강제적으로 선발이 이루어졌고 응하지 않으려는 사람들도 있었죠. 냉동인간이 되면 얼마나 오랜 세월을 가족, 친구와 떨어지게 될지 알 수가 없었으니까요."

"냉동되었다가 그대로 죽을까 봐 걱정이 되진 않았나요?"

"뭐, 이렇게 살아 있잖아요."

상현의 얼굴은 어두웠다.

"운이 좋았던 거지요."

영호의 말에 상현의 얼굴이 더욱 어두워졌다. 영호가 얼른 질문을 이었다.

"강제로 선발되었다 해도 희생을 강요하는 셈이니까 보상 체계가 있었겠죠?"

"맞아요. 막대한 보상금을 약속했죠. 연 2.5퍼센트의 이자도 약속을 했어요. 화폐 가치가 변동할 수도 있기 때문에 그건 당연히 그 시점에서의 실질 가치만큼의 보상금으로 지급할 거라고 했고요. 뭐, 냉동과 해동의 실패율은 1퍼센트도 되지 않았고……. 물론 내 눈으로 본 건 아니죠. 설명이 그랬다는 이야기예요. 그리고…… 나는 가족도 없었고, 애인도 없었죠. 잠 한 번 푹 자고 일어나면 부자가 되어 있을 거라는 이야기여서, 내 불만이라면 보상금이 좀 더 많았으면 싶었을 뿐이에요."

상현은 은혜에게 컵을 내밀었다. 물을 한잔 더 달라는 뜻인 것 같았다. 은혜가 얼른 물을 받아왔다. 그것이 마지막 물이었다.

"그런데 운이 좋았다는 게 무슨 뜻입니까? 아니, 지금은 몇 년이죠? 그것부터 알고 넘어가죠."

"지금은 2127년입니다."

상현은 물을 마시다 컥 소리를 냈다. 사레가 들린 모양이었다.

"그럼 내가 냉동 캡슐에 들어간 지 100년도 넘었다는 얘기? 맙소사! 그럴 리가 없어요."

은혜가 다시 끼어들었다.

"아까 제가 말씀드렸잖아요! 2127년이라고. 제 말은 안 믿은 거예요?"

"미안. 그건 정말 믿을 수가 없었어. 어린애라 잘 모르는 줄 알았지."

"하여간 어른들이란!"

"은혜야, 조용히. 2127년이라는 게 정확한지도 모릅니다. 이미 연도라는 것을 쓰고 있지 않아요."

"연도를 쓰고 있지 않다고요?"

"네, 우리는 그냥 하루하루를 살아가고 있습니다. 이 안에서는 해도 뜨지 않고 기후도 변하지 않습니다."

"이 안이라는 게 대체 뭔가요?"

상현은 영호를 똑바로 쳐다보지 못하고 있었다. 딴 곳을 쳐다보면서 이야기하고 있었다. 은혜가 그의 눈앞에 가 서면, 역시 곧 고개를 돌려 다른 곳을 쳐다봤다.

"처음부터 이야기를 해야겠죠?"

"처음부터 다 이야기해주세요. 내가 냉동된 다음에 무슨 일이 일어났는지부터."

"그러죠. 결국 핵전쟁이 일어났어요. 지상에서는 100개도 넘는 핵폭탄이 터졌다지요."

"지상에서는?"

"네. 여긴 지하 세계예요. 세계라기엔 달랑 도시 하나인 거지만."

상현의 얼굴이 일그러졌다.

"달랑 도시 하나? 그럼 인류가 절멸했다는 겁니까?"

"하나하나 말씀드릴게요. 침착하세요."

상현이 다시 길게 한숨을 내쉬며 심호흡을 했다.

"그래서 그 뭐라든가, 인류생존 프로젝트인가가 작동하게 되었대요. 그런데 핵 공격의 여파로 전원 공급이 끊어지고 말았다죠. 인류의 다음 세기를 위해 보존하던 수많은 자료들도 상당수 파괴되었습니다. 인류생존 프로젝트에 참여했던 사람도 단 한 사람만 빼고는 모두 사망하고 말았다는군요."

상현이 멍한 얼굴로 천장을 올려다보았다.

"단 한 사람이라면 혹시……."

영호와 은혜가 천천히 고개를 끄덕였다.

"나란 말이에요? 그게 말이 돼요? 그럼 여기 있는 당신들은 뭐죠? 다 로봇이오? 영호 씨도 로봇이고, 센터의 의사도 로봇이고 여기 있는 이 꼬마, 은혜도 로봇이란 말이에요?"

영호는 앉으라고 손짓을 했다.

"그럴 리가요. 우리는 모두 피와 살이 있고 감정이 움직이는 사람이죠. 상현 씨 같은."

상현은 침을 꿀꺽 삼켰다.

"그럼 대체 당신들은 뭐죠? 왜 나와 똑같이 생긴 거죠?"

상현의 목소리가 부들부들 떨렸다. 은혜는 왜 자꾸 생긴 것을 가지고 뭐라고 하는지 알 수가 없었다.

"사람들은 다 비슷하게 생겼어요. 그렇다고 완전히 똑같지는 않은데…….”

상현은 신음을 흘렸다. 상현은 낮은 목소리로 중얼거리기 시작했다.

“으으……. 그놈의 의사인지 뭔지가 아버지하고 닮아 보였지. 목소리도 똑같았어. 아는 사람인 줄 알았더니, 나랑 닮은꼴이라 그런 생각이 들었던 거였군. 으으. 이 두 사람도 나랑 똑같이 생겼어. 세상천지에 네 사람이 같은 모양으로 우연히 만날 수도 있으려나. 그럴 리가……, 그럴 리가 없잖아.”

“이 아저씨, 어디 아파요? 하긴 센터의 메디컬 구역에 있을 때 알아봤지만…….”

“은혜야! 그런 말 하는 거 아니야.”

영호는 은혜에게 가만있으라고 손짓을 했다. 하여간 아빠는 은혜에게 하지 말라는 말 말고 무슨 말을 할 수 있는지 궁금할 만큼 언제나 뭐든 하지 말라고 했다. 그래서 이번 일이 신났던 거였다. 먼지투성이에 빛도 없어서 숨도 못 쉴 곳을 무릎이 까지도록 기어 다녀야 했지만 정말 신이 났다. 드디어 '할 수 있는 일'을 해냈던 것이다. 비록 구해 온 것이 어딘가에 정신줄을 놓고 온 사람인 것 같긴 했지만.

상현이 두 사람을 처음으로 똑바로 쳐다보았다. 상현이 부르르 몸을 한 번 떨더니 말했다.

"대체 어떻게 살아갈 수 있는 겁니까? 모두 같은 얼굴을 하고는."

영호가 말했다.

"그런 건 중요하지 않습니다. 살아갈 수만 있다면요. 우리는 상현 씨의 도움이 간절히 필요합니다. 그러니 제발 진정하고 대화를 이어나가죠."

상현은 은혜를 쳐다보았다. 그러더니 갑자기 얼굴에 붉은 기운이 떠올랐다.

"여자? 은혜는 여자잖아요! 뭐야, 살아남은 사람은 나 하나뿐이라고 했잖아요!"

"맞아요. 인류생존 프로젝트에서 살아남은 사람은 상현 씨뿐입니다."

"살아남은 게 나 하난데, 어디서 여자가……. 그래, 여기 은혜도 여자잖아. 원 세상에! 내 유전자를 복제했는데 어떻게 여자가 나와? 처음부터 말도 안 된다고 생각했어. 이런 미친 놀음이라니……."

영호는 침착하게 말을 이었다.

"처음에는 남자들밖에 없었죠. 그러자 사회에 큰 혼란이 일어났습니다. 어디를 가나 같은 얼굴, 같은 나이의 남자들만 가득 찬 세상. 사건, 사고, 시비와 폭행이 그치지 않았다고 합니다. 다행히 '퓨처'에는 자가 수정 프로그램이 들어 있었죠."

영호의 침착한 말투에 상현도 조금 진정이 되는 모양이었다. 크게 심호흡을 하고는 목소리를 낮췄다.

"퓨처? 은혜도 퓨처라는 말을 했죠. 퓨처는 대체 뭔가요?"

"퓨처는 인류생존 프로젝트를 담당하는 컴퓨터입니다. 컴퓨터 인공지능 프로그램이라고 해야 할지 모르겠네요. 지금은 이 도시의 유지를 담당하고 있죠. 실제로는 이 도시를 다스리고 있다고 해야 할 겁니다."

"그 말을 들으니 생각이 나는군요. 그래요, 맞아요. 인공지능이 있었어요. 나는 원래 직업이 프로그래머라서……."

"알고 있습니다. 그래서 이리로 데려온 거고요."

"프로그래머로서 프로젝트를 담당할 인공지능 컴퓨터가 궁금했죠. 그에 대해서 이것저것 물어보기도 했는데, 센터의 안내요원들은 컴퓨터에 대해서는 잘 몰랐어요. 다만 대단히 유연하게 설계되어서 뜻하지 않은 문제가 생겨도 자가 수정 프로그램을 통해서 조정할 수 있다는 말을 해주기는 했죠. 그게 이름이 있다는 말은 안 했는데……. 그러니까 그 자가 수정 프로그램이 퓨처라는 거죠?"

영호가 고개를 끄덕였다.

"그 내용은 코덱스에 있었던 것 같아요. 혹시 코덱스를 보지 못했나요?"

"코덱스?"

"아마 계약서를 가리키는 말일 거예요."

"계약서? 그런 걸 다 읽어보는 사람이 어디 있어요? 깨알 같은 글씨로 수십 장이나 되는데……. 영호 씨는 봤나요?"

영호가 고개를 저었다.

"저도 보지는 못했습니다. 우리는 그걸 코덱스라고 불러요. 여기저기 조금씩 흔적이 남아 있는데 원본은 아무 데도 없어요. 정확하게는 퓨처는 가지고 있겠지만 공개하지 않는 거겠죠."

상현이 코웃음을 쳤다.

"그러니까 인류생존 프로젝트 계약서가 오늘날에는 무슨 신성한 문서처럼 코덱스라고 불리는군요. 성경이 여기 있었어요! 하하, 하기는 모세가 시나이 산에서 가지고 내려온 십계도 하느님하고 맺은 계약서였죠. 이럴 수가……. 컴퓨터 인공지능이 계약서에 따라 움직이고……. 그래서 이런 곳을 만들어냈단 말이죠? 이거야 원."

영호가 고개를 끄덕였다.

"맞아요. 생존자가 두 쌍 이하가 될 경우에는 인류 생존에 큰 문제가 발생하기 때문에 적정 인구 수에 이르기까지 냉동을 해제하지 않고 유전자 복제에 이용한다는 조항이 있었던 거예요.

그래서 퓨처는 상현 씨를 얼려놓은 상태에서 유전자만 복제했어요. 인류가 멸종하지 않을 숫자에 도달할 때까지 계속 복제할 수 있게 되어 있었죠."

"그럼 남자만 나와야죠. 유전자 복제를 했는데 성이 달라진다는 게 말이 되나요? 당신들은 모두 속고 있는 것 같아요."

"아닙니다. 그건 분명해요. 남자만 있는 세계의 폭력성 문제를 해결할 수 없었던 퓨처는 결국 궁극적인 해결책으로 여자를 만들기로 결정했다고 합니다. 아시다시피 남자의 염색체는 XY이므로, XY염색체에서 X염색체를 분리한 다음 XX염색체를 만든 것이죠."

"맙소사! 그런 게 가능하다고요?"

다음 순간 상현은 미친듯이 웃어버렸다.

"이거야말로 아담의 갈비뼈에서 이브를 만들어냈다는 이야기로구만! 나는 창조주야! 아니지, 창조주는 인공지능이구나! 나는 아담이었어. 내 이브는…… 이브는…… 이미 삭아서 뼈도 없어졌겠군."

상현은 배를 잡고 웃다가 뒤로 넘어지고 말았다. 상현은 엎어진 상태로 중얼댔다.

"그럼…… 내가 나와 만나…… 사랑을 하고…… 결혼도 한단 말인가. 그래도 되는 거야? 이게 대체 뭐야……."

상현의 입에서 다시 신음이 흘러나왔다.

"그럼 여기에 모두 똑같은 얼굴을 한 사람들이 득실대고 있단 말이에요? 내 유전자의 복제라면 결국 나란 말이 아닌가요?"

"조금 복잡한 이야기인데, 일단 원론적으로 말하자면 그렇습니다. 모두 비슷한 얼굴이죠. 그래서 이곳에서 가장 잘 팔리는 상품은 가면입니다. 문신과 가발, 염색약 같은 것도 흥하고 있죠."

상현이 자리에 털썩 주저앉아 두 손으로 얼굴을 감쌌다.

"몇 명이나 되죠? 그런 사람들이."

"남자가 1만 6000쯤, 여자가 1만 6000쯤으로 되어 있죠. 남녀 성비를 꼭 맞추기 위해서. 물론 공식적인 수치가 그렇다는 이야기입니다."

상현의 낯빛이 파랗게 질려버렸다.

"그렇게나 많이? 대체 왜 그런 짓을 한 거죠? 이미 적정 숫자는 애저녁에 넘어간 것 같은데? 퓨처는 왜 이런 짓을 하고 있는 거죠?"

"우리도 잘은 모릅니다. 짐작만 할 뿐이죠. 코덱스에서는 인류가 멸종하지 않는 숫자를 유지하게 되어 있었는데, 상한선 같은 건 없었던 것 같아요. 퓨처는 충분한 사람이 있어야 한다고만 생각한 것 같습니다."

상현은 인상을 찌푸렸다.

"충분하다고요. 충분해. 3만 2000명이나 되는 사람이라니! 충분하고도 남죠. 이해할 수 없어요."

"아마…… 퓨처의 판단에는 충분하지가 않았을 겁니다."

"왜죠?"

"우리도 추측할 수밖에 없지만, 아마도 모두 동일한 DNA를 가지고 있기 때문일 겁니다. 그건 유전적 다양성 확보라는 면에서 보면 매우 취약하니까요."

상현이 고개를 흔들었다.

"그럼 사람 수를 늘리는 건 무슨 의미가 있겠나요?"

"여러 가지 멸종의 위기에서는 수가 많은 게 유리하지 않겠습니까?"

"하지만……."

상현이 말을 다 하지 못하고 머뭇거렸다. 잠시 숨을 고른 상현이 다시 말했다.

"하지만 같은 유전자 사이에서는 장애를 가진 아이가 태어나기 쉽죠. 어떻게 그 짧은 시간에 사람들이 그렇게 많이 생겨날 수 있었나요? 다들 어딘가 장애가 있는 건 아닌가요?"

"유전병 문제는 심각하지 않습니다. 우선 오리지널 맨인 상현 씨는 아무런 유전병 인자를 가지고 있지 않았습니다. 동일한 유전자를 가진 사람들끼리 아이를 낳게 되면 그 집단 전체의 유전자 풀이 유사해지면서 전염병 같은 것이 발생했을 때 몰살당할 수 있기 때문에 문제가 되지만, 어차피 우리는 모두 한 사람의 인간에서 발생했으므로 그런 문제는 원래 가지고 있던 것에 불과했죠."

상현이 고개를 끄덕였다.

"그리고 퓨처는 아예 근본적으로 문제를 없애버렸어요. 퓨처는 사람들이 아기를 가질 수 없도록 유전자 조작을 했습니다."

상현이 입을 딱 벌렸다.

"좀 전에도 말했듯, 최초의 사회는 남자들로만 구성되어 있었죠. 원래 남자, 여자가 함께 있어야 하는 것이 정상인데 남자들만 있는 사회가 되자 날마다 싸움이 벌어졌다고 합니다. 결국 퓨처는 여자도 있어야 한다는 점을 깨달았죠. 하지만 남녀가 아기를 낳게 되면 개체 수 조절이 힘들어져 이 지하 세계의 자원은 금방 동이 날 수도 있다고 생각했던 모양입니다. 이 때문에 인간은 아기를 가지는 걸 금지당했습니다. 아기들은 인공자궁을 통해서만 태어났죠."

"인공자궁……. 인공자궁이라는 게 뭔가요?"

"말 그대로 인공으로 만들어져 있는 자궁입니다. 아기를 아홉 달 동안 품고 있는 기계죠. 여자의 뱃속에서 태어나는 것이 아닙니다."

"대체 그런 걸 어떻게 만들어낸 거죠? 우리 때 벌써 그런 기술이 있었을까요?"

"저도 자세한 건 모릅니다. 입에서 입으로 전해져 오는 거죠. 퓨처가 언제 복제인간을 만드는 작업에 들어갔는지는 모릅니다. 애초에 계획이 있었기 때문에 인공자궁은 완비되어 있었다고 합니다. 최초에는 세 사람이 만들어졌다고 합니다. 세 사람은 네 살 때부터 퓨처에 의해서 교육을 받았고 자원을 활용해서 인공자궁을 늘렸다고 합니다. 이런 작업은 새로운 사람이 나타날 때마다 계속되었다고 해요."

상현이 물었다.

"자원은 어디에서 가져온 건가요?"

"자원이라뇨?"

"인공자궁을 만들 자원이요. 쉬운 작업이 아니었을 텐데?"

"잘 모릅니다. 다만 원래 조립할 수 있는 부품들은 아주 많이 비축되어 있었다고 합니다. 수리를 해야 하기도 했고, 인구가 늘어날 때를 대비해서 여분이 많았다고 합니다."

"그럼 공간은? 3만 명이 넘는 사람이 살게 만들지는 못했을 텐데?"

"맞습니다. 초기에 나온 사람들은 계속 암벽을 파서 거주 공간을 늘렸다고 합니다. 그때만 해도 굴착기나 불도저 같은 화석 연료를 사용하는 중장비들이 있었고, 사용 매뉴얼은 퓨처가 건네주었죠. 일단 사용법을 익힌 후에 조종할 줄 아는 사람이 다음 사람에게 가르쳐주었어요. 그래서 한 방향으로 먼저 굴을 파고 넓히고, 그다음에는 다른 방향으로 굴을 파고 넓히고 하면서 현재의 모양이 되었습니다. 즉, 우리 세계는 센터를 중심에 놓고 사방으로 뻗은 개미굴처럼 생긴 셈이죠."

"재밌군요. 그래서 전체 면적은 얼마나 되나요?"

"잘 모릅니다. 퓨처는 알고 있을 것 같은데, 문건으로 나온 적이 없어요."

"연도를 모르는 것처럼?"

"그렇습니다."

상현이 고개를 갸웃했다.

"연도를 모르면 불편하지 않습니까?

"딱히 그럴 것도 없습니다. 결국 1년 열두 달이라는 것은 달의 움직임에 맞춰서 만들어진 것이고, 달력이 필요한 것은 농사를 짓는 데 유용했기 때문이겠죠. 하루라는 개념은 해가 뜨는 것을 기준으로 만들어진 것인데, 이곳은 계절의 변화도 없고 해도 뜨지 않습니다."

"하지만 아이들이 학교를 간다거나 하는 일도 있을 거고…….

노동도 해야 할 테고. 시간 개념은 필요한 것 아닙니까."

"여긴 학교가 없습니다."

은혜는 처음 듣는 이야기였다. 학교가 뭘까?

"그, 그럼 교육은 어떻게 하죠?"

"교육은 퓨처가 전담합니다. 모든 사람들은 태어남과 동시에 해야 할 일이 결정되어 있습니다. 말귀를 알아들을 수 있는 나이가 되면 퓨처가 교육을 합니다. 맡을 일을 잘할 수 있도록 교육하죠. 다른 것은 가르치지 않습니다."

상현이 갑자기 피식 웃었다.

"그럼 여기는 실업률 0퍼센트의 나라겠네요. 방학이 없는 건 아쉽지만 완전 고용의 세상이라니 그것도 멋지군요."

상현의 말에 영호의 눈에 다시 섬광이 내비쳤다.

"멋지지 않습니다."

"아, 네."

상현이 당황한 목소리로 답했다.

"전혀 멋지지 않습니다. 퓨처의 세계에는 인간에 대한 존중이 전혀 없습니다. 인간은 기계 부속의 하나로 취급되고 있는 거죠. 퓨처의 판단에 따라 해야 할 일을 수행해야 하는 로봇 같은 존재일 뿐입니다."

"그, 그래서 당신들은 퓨처에 반항하고 있는 건가요?"

"우리는 인간으로서의 존엄을 되찾으려 하는 것뿐입니다. 기계에 의해서 좌우되는 소모품이 아니라. 오랜 세월에 걸쳐 우리들은 인간에 대한 자료들을 하나하나 모았습니다. 많은 자료들이 있었는데, 우리가 하는 일을 눈치 챈 퓨처에 의해서 지금은 열람할 수 없는 자료가 되어버렸습니다."

은혜가 깜짝 놀랐다.

"아빠, 그러면 보고 읽을 게 더 많이 있는 거였어?"

아빠가 고개를 끄덕였다.

"당연하지. 네가 평생 봐도 못 볼 자료들이 있단다."

상현이 팔짝팔짝 뛰는 은혜를 보다가 낮은 목소리로 물었다.

"그럼 은혜는 어떻게 태어난 겁니까?"

낮은 목소리였지만 은혜의 귀를 피하진 못했다. 은혜는 쪼르르 달려와 아빠 옆에 앉았다.

"서로 사랑을 하게 된 두 남녀가 있었고, 퓨처의 유전자 조작에도 불구하고 임신을 하게 되었죠. 이렇게 자연 임신된 가족들이 있었습니다. 이들 사이에서 태어난 여성들도 임신이 가능했어요."

상현이 부르르 몸을 떨었다.

"어떻게 같은 얼굴들을 보고 사랑을 할 수 있죠? 상상이 안 되는군요."

은혜가 킥킥 웃었다.

"똑같지 않다고요. 다 구분할 수 있어요. 사람들은 다 달라요."

은혜가 힘주어 이야기했지만 상현을 설득하지는 못한 것 같았다.

"하긴 나도 어렸을 때, 양치기는 양들 얼굴이 다 달라서 하나하나 구분할 수 있다는 말을 듣긴 했지만……."

"이 이야기에서 중요한 것은……."

영호가 상현의 말을 끊었다.

"그렇게 임신한 여자들을 퓨처가 처형했다는 것입니다."

"처형이라고요?"

이번에는 은혜가 부르르 몸을 떨었다. '처형 로봇'은 생각만 해도 끔찍했다.

"네. 퓨처는 그가 생각하는 '잘못'을 간단하게 수정했죠."

상현이 입을 딱 벌렸다.

"그렇군요. 발생해서는 안 되는 임신은 프로그램인 퓨처의 입장에서는 버그였군요. 그런데 퓨처는 사람들을 어떻게 구분하나요? 다 똑같이 생긴 데다 DNA도 동일할 텐데?"

은혜가 다시 소리쳤다.

"다 다르게 생겼다니까요. 사람은 다 다르다고요. 눈도 다르고, 머리 모양도 다르고, 귀 모양도 달라요. 아저씨가 살던 세상도 그랬을 거예요."

상현이 움찔했다. 똑같이 생긴 양들을 양치기가 구분하는 것처럼 이런 세계에서는 사람들 사이의 미세한 차이를 구분하는 능력이 생길 수도 있을 터였다.

"그렇긴 해도 지문과 홍채는 모두 다르죠. 우리 자연 출생한 사람들은 DNA라는 것도 서로 다르다고 하더군요. 대를 내려가면서 변형이 발생한다고 해요. 조금씩 다른 존재가 되어간다고 하더라고요. 물론 그런 걸 조사해보거나 하지는 못합니다. 그런 기술도 우리한테는 없고요. 하지만 퓨처가 만들어내는 인간은 모두 동일하죠 그래서 아기가 만들어진 다음에 칩을 삽입합니다. 개개인 식별 코드가 내장된 제품이 되는 거죠."

"만들어진 다음이라고요?"

"인공자궁에서 태어나는 거니까 만들어지는 거죠."

"칩이라는 게 하는 일은 뭔가요?"

"퓨처가 인간을 하나하나 파악하는 장치입니다. 칩이 달려 있으면 그 사람이 어디 있는지 무슨 일을 하는지 알 수가 있습니다."

"전자발찌 같은 거군요."

"그건 뭔가요?"

"감옥에서 나온 범죄자들의 발목에 채워놓는 장치예요. 주로

성범죄자들에게 채웠죠. 그런 걸 몸 안에 집어넣는 거군요."

"네. 하지만 아기가 생기면 죽는다는 사실이 알려진 뒤에 그대로 당하고 있을 건 아니었죠. 칩을 빼고 달아나서 아기를 낳은 사람들이 있었습니다. 바로 그 사람들의 후예가 반군의 주축이 되었습니다."

상현이 길게 한숨을 내쉬었다. 드디어 이야기의 종점에 도달한 기분이었다.

"반군……? 그럼 이제 반군에 대해서 말씀해주시죠."

3. 반군

영호는 잠시 대답을 못했다.

"우리도 반군을 뭐라 말해야 할지 잘 모르겠습니다. 퓨처가 시키는 일을 하지 않는 사람이라고 하면 될까요? 아니, 인간의 가치를, 인간의 존엄을 회복하고자 싸우는 사람들입니다."

"어려운 이야긴데요? 인간의 가치와 존엄이라는 게 뭔가요?"

"우리는 서로 사랑하고 아껴주며 자신들이 하고자 하는 일을 할 수 있는 세상을 원합니다. 지금 퓨처의 지배하에서는 불가능한 일이죠. 임신했다는 이유로 끌려가서 살해당하는 사회가 정상이라고 보시나요?"

영호의 목소리가 떨렸다. 상현은 조용히 영호의 다음 말을 기다렸다.

"퓨처에게 우리는 동물원의 동물이자, 이곳을 유지하는 소모품이죠. 죽어도 얼마든지 대체가 가능한 소모품. 시키는 일을 하지 않으면 존재할 가치가 없는 부품에 불과합니다. 누구든 자기 맡은 일을 제대로 해내지 못하면 언제든지 처형당할 수 있습니다."

상현이 입을 열었다.

"여기 동물을 따로 본 건 없는 것 같은데 동물원은 어떻게 알죠? 동물원이 있습니까?"

"반군이 생긴 다음에 그동안의 역사를 반추하는 작업이 있었습니다. 햇수도 세게 되었고 퓨처가 가르쳐주지 않는 지식도 습득하고자 노력을 했습니다."

"지식은 어떻게 습득이 가능했나요?"

"원래 이곳은 생명, 그리고 문화를 보존하고자 했던 곳이라서 도서관이 있습니다. 퓨처에게는 전혀 중요한 곳이 아니었죠. 인간들이 그곳에서 여가를 지내는 것을 막지 않았습니다. 문자 자료 외에도 영화나 다큐멘터리 같은 영상 자료들도 제법 있어서 우리는 과거 인류가 지상에서 어떻게 생활했는지는 대강 이해하고 있습니다. 퓨처가 나중에 도서관을 폐쇄해버렸지만 출입만 막아놓은 것이라 몰래 들어가 자료들을 보고 베끼고들 있습니다."

그때 상현은 뭔가 떠오른 것처럼 빠르게 질문을 던졌다.

"잠깐만, 생존 프로젝트는 전 세계적으로 진행되었어요. 다른 도시 중에, 아니 다른 나라에라도 생존자가 없단 말인가요?"

"우리는 모릅니다. 우리는 모든 정보를 퓨처에 의존하고 있어요. 다른 무슨 방법이 있겠습니까? 우리에게 지혜를 나눠주셔야 합니다."

상현이 거세게 고개를 저었다.

"내가? 내가 무슨 재주로요? 난 이십대 청년일 뿐이에요. 아는 것도 별로 없는 삼류 프로그래머라고요."

상현이 머리를 움켜쥐었다. 막막한 현실이 드디어 그의 정신을 압도해버리고 말았다.

"어쩌다가 이 넓은 지구에 나만 살아남았지? 내가 그렇게 엄청난 행운아라고? 로또도 한 번 당첨된 적이 없는 내가? 아, 그렇지. 인류생존 프로젝트에는 당첨되었구나. 빌어먹을 인간 놈들! 핵전쟁이라니! 미친놈들! 그렇다고 아무도 살아남지 못했다고? 정말? 으아아아!"

은혜가 상현의 어깨를 토닥였다.

"아저씨, 머리 많이 아파요?"

상현은 흠칫 놀라며 고개를 들어 은혜를 바라보았다.

"그러니까 이 아이도 결국은 내 유전자에서 뽑아낸 복제인간이란 말이지. 어린 내가 큰 나를 위로한다고? 이런 미친……."

상현은 은혜를 확 밀어버렸다.

"저리 가! 꺼져!"

갑작스레 밀치는 바람에 은혜는 엉덩방아를 찧고 말았다.

"아야! 미쳤어요?"

"나 좀, 나 좀 혼자 있고 싶어. 나 좀 내버려 둬……."

처음으로 영호의 목소리가 커졌다.

"은혜는 내 딸입니다! 상현 씨의 복제인간이 아니에요! 복제인간은 나예요. 때리고 싶다면 나를 때려요!"

상현이 고개를 떨구었다.

"미칠 것 같군요. 미안해요. 정말 이런 건 상상도 못했어요. 스물네 살에 전 인류의 조상이 되다니, 하하. 시간이 필요할 것 같네요. 이런 일에 적응하려면."

"그럴 시간이 없어요. 우리에게는 남은 시간이 별로 없다고요."

상현은 허탈하게 되물었다.

"남은 시간? 무슨 남은 시간?"

"우리한테는 남은 게 별로 없어요. 식량도, 자원도요. 당연히 버틸 수 있는 시간도 별로 없죠."

상현이 고개를 들었다.

"그렇겠죠. 이 한정된 공간 안에 사람들이 엄청나게 살고 있었네요. 그리고 통계보다 더 많은 사람들이 살고 있는 거죠? 그 중 반군은 몇 명이나 됩니까?"

"그렇게 많지는 않습니다. 천 명도 안 될 거예요."

"안 될 거라니? 정확한 숫자도 모르는 겁니까?"

"알 필요가 없죠. 알아봐야 퓨처에게만 유리합니다."

"지상은 어떤가요? 왜 다 지하에서만 살고 있는 거죠?"

"퓨처에 따르면 지상은 방사능이 전혀 제거되지 않은 상태라고 합니다. 지상으로 나가는 것도 금지되어 있죠. 사실 우리는 지상으로 나가는 길이 있는지 없는지도 모릅니다. 지상으로 나갈 수 있는 통로가 있는 곳은 센터밖에 없다는 것만 알고 있죠. 우리는 그 통로를 찾지 못했어요. 센터는 오랜 세월 동안 증축되고 또 증축되었어요. 처음 있던 건물에 자꾸 다른 건물들을 덧대었기 때문에 원래 모양이 어떤 거였는지도 이젠 모르게 되었어요. 지상으로 올라가는 통로가 센터 어딘가 있을 텐데, 어디 있는지도 모르게 된 거죠."

"공기를 순환시키기 위한 환기구가 있을 텐데요?"

"그건 있어요. 하지만 수직으로 만들어져 있어서 기어 올라갈 방법이 없고요. 아마 기어 올라갈 수 있다고 해도 은혜 같은 아이가 올라갈 수 있는 거리가 아닐 겁니다. 우리가 알기로 이곳은 지하 수 킬로미터 아래에 만들어졌으니까요."

상현이 고개를 끄덕였다.

"우리가 센터에 도착한 뒤에 수직으로 내려가는 엘리베이터를 타고 한참을 지하로 내려갔죠. 이곳이 그곳이라면 그 엘리베이터가 어딘가 있을 겁니다."

영호가 침울하게 대답했다.

"그게 우리 반군이 찾고 있는 겁니다."

"그걸 찾기 위해 반군이 한 일은 뭔가요?"

"우리는 조금씩 센터 내부를 파악하고 있어요. 그것 말고는 할 수 있는 일이 없어요."

상현이 눈살을 찌푸렸다.

"그럼 퓨처에 대항하는 방법은 뭐가 있나요?"

"없어요. 우리는 그런 걸 전혀 몰라요. 퓨처는 이 세계를 지키는 통치자잖아요. 대항해봐야 소용이 없어요. 퓨처가 우리를 죽이지 않기만을 바랄 뿐이에요."

"그럼 엘레베이터는 뭐하러 찾아요?"

"그게 새로운 세계에 대한 가능성이라서 찾고 있습니다. 퓨처로부터 달아나야 하니까요. 지상 세계는 어쩌면 퓨처로부터는 안전할 테니까요."

"그런데 그것 말고는 하는 게 없다는 건가요?"

"퓨처에게 도움이 되는 일도 하지 않고 있어요. 상현 씨를 구출하는 일도 해냈잖아요."

"하아, 그러니까 반군은 퓨처가 지정한 '일'을 하고 있지는 않다는 거죠?"

"사실은 할 수도 없어요. 칩이 없으면 사람으로 인식되지 않으니까요."

"그럼 뭘 하나요?"

"시를 짓고 노래를 부르죠."

상현이 큰 소리로 웃었다.

"내가 시인에 가수가 되었다고요? 와, 나한테 그런 재능이 있는 줄 정말 몰랐는데요."

영호가 어색하게 같이 웃었다.

"그럼 시나 짓고 노래나 부르면서 아무 활동도 하지 않는데 스스로를 반군이라고 부르고 있는 겁니까? 대단하네요. 칩이 있는 사람들은 반군이 있다는 걸 알기나 하나요?"

"물론 위기감은 우리만 가지고 있는 게 아니었습니다. 칩을 가진 사람들, '만들어진' 사람들도 이런 식으로 가다간 공멸밖에 없다는 것을 잘 알고 있죠. 그래서 칩이 있는 상태에서 최대한 우리에게 협조하는 '협력자'도 있어요. 덕분에 우리는 오리지널 맨인 상현 씨가 프로그래머라는 사실을 알았어요."

"그게 중요합니까?"

"중요해요. 우리는 퓨처를 조종할 수 있는 방법을 전혀 몰라요. 퓨처가 통제하는 대로 움직일 수밖에 없는 거죠. 하지만 상현 씨는 컴퓨터를 움직이는 방법을 알지 않나요? 우리는 그래서 아주 오래전부터 오리지널 맨을 깨우고 싶었어요. 하지만 그것도 어떻게 할 도리가 없었기 때문에 계속 그날이 오기만을 기다렸죠. 그러다 드디어 그날이 온 겁니다. 퓨처가 상현 씨를 깨우는 날이."

영호의 목소리가 흥분으로 떨렸다. 상현은 부담을 느끼는 얼굴이 되었다.

"퓨처는 왜 날 깨우기로 한 거죠?"

"반군이 생겨난 것은 '오리지널 맨'에게 성격적 결함이 있기 때문일지도 모른다고 판단한 것 같습니다. 여기 사람들은 본래 태어나면서부터 교육, 사실은 세뇌라는 말이 맞겠지요. 아무튼 교육을 받기 때문에 그런 일탈 행위를 일으킬 수 없다고 판단하고 있어요. 그렇기에 교육받지 않았던 상현 씨를 통해서 어떤 경우에 난폭성이 발현되는지 체크해보고 대책을 세우려고 한 것이죠. 사실 상현 씨는 더 이상 오리지널 맨으로 중요한 존재가 아니에요. 같은 DNA를 확보한 3만 2000명의 사람이 있으니까요. 아마 퓨처의 실험으로 상현 씨는 죽을 수도 있었을 겁니다. 그렇게 되면 그건 단지 한 사람의 죽음이 아니라 우리의 과거, 우리의 근본, 우리의 오리지널 그 자체가 사라지는 대붕괴가 되겠죠. 그래서 우리는 당신을 빼돌리기로 결정했어요."

"퓨처는 날 실험실 쥐처럼 이용할 계획이었나 보군요."

"바로 그렇습니다."

"의사를 포섭해서 협력자로 만드는 게 좋지 않았을까요? 이번 탈출은 정말 운이 좋았던 것 같군요."

"그게 쉬운 문제는 아닙니다. 퓨처는 확실한 세뇌 교육을 시키거든요. 대부분의 사람들은 우리 반군을 난폭한 범법자로 알고 있을 뿐입니다. 그 의사 나이 정도 되면 그런 믿음을 교정할 방법이 없지요."

"같은 DNA에서 다른 사람들이 나온다니, 참 희한하군요."

"사람이란 DNA로만 구성되는 것은 아니죠."

"하기야 쌍둥이라도 생각은 서로 다르니까요."

상현이 몸을 일으켰다.

"아까부터 배가 고팠는데 이젠 현기증이 드는군요. 뭐든 먹을 게 있습니까?"

상현의 말에 은혜도 귀가 번쩍 뜨였다.

"네, 이제 은혜로운 퓨처의 배급 식량을 맛볼 때가 되었군요."

영호는 웃옷의 주머니에서 가루 봉지 두 개를 꺼내서 은혜에게 건넸다. 은혜는 냉큼 달려가 낡은 냄비를 꺼내 봉지를 뜯고 안의 내용물을 탈탈 털어냈다.

“아빠, 물이 없는데…….”

영호는 인상을 찌푸리며 일어났다. 영호는 커다란 컵 하나를 찬장에서 찾아내더니 그걸 들고 밖으로 나갔다.

“센터에는 자주 들어가니?”

상현이 은혜에게 물었다.

“별로요.”

“어떤 때 들어가는 거냐?”

“그 안에 협력자라는 사람한테서 물건을 전달받을 때 들어가곤 해요. 통로로 나와야 하니까 큰 물건은 받을 수가 없고, 자잘한 물건을 받을 때가 대부분이에요. 대량으로 만들어지지 않는 물건들이요. 음, 종이 같은 것도.”

“종이?”

“네, 아주 유용한 물건이에요. 안 쓰이는 곳이 없거든요.”

“너는 칩이 처음부터 없었겠구나. 아빠도 그러니?”

“아니요. 아빠는 원래 센터에서 근무했대요. 그래서 센터를 드나드는 일을 맡은 거예요. 엄마는 반군이었다고 해요.”

상현이 고개를 끄덕였다. 그러니까 은혜의 엄마는 반군 사이에서 자연 출생한 여자였을 것이다. 바보 같은 퓨처. 남자에게 임신시킬 능력을 빼앗았으면 일이 간단했을 텐데……. 하지만 퓨처는 오리지널 맨의 유전자를 변형시킬 수는 없다고 판단했을 것이다. 유전자 분리를 하면서 여성 유전자에 손을 댔겠지.

"그럼 아빠한테는 아직도 칩이 있는 거니?"

"아니요. 빼버렸대요. 하지만 가지고는 있어서 센터를 들어갈 때는 켜고 보통 때는 꺼놓는대요."

"칩을 켜고 끌 수도 있는 모양이구나."

"어떻게 하는지는 잘 모르는데 그렇대요."

은혜는 상현을 바라보며 말했으나 상현은 여전히 은혜를 잘 쳐다보지 않았다.

"아저씨는 왜 날 안 봐요?"

상현은 여전히 다른 곳을 보면서 말했다.

"널 보면, 어렸을 때 내 모습을 보는 것 같아서 기분이 이상해."

"기분이 왜 이상해요?"

"글쎄……. 난 아직 청년이고, 결혼도 한 적이 없는데 갑자기 아버지가 된 느낌 같은 거지. 아주 이상해."

"그게 뭐가 이상해요?"

"갑자기 막 늙은 기분이야. 그러고 싶지 않거든."

상현이 화제를 바꾸었다.

"엄마는 어디 계셔?"

"안 계셔요. 사람이 직접 아기를 낳는 건 굉장히 위험한 일이래요. 엄마는 절 낳다가 하늘나라로 가셨어요."

"저런…… 미안."

"괜찮아요."

"하늘나라……. 하늘을 본 적 있어?"

"영화에서는 본 적이 있어요. 하늘이란 건 정말로 멋지더라고요. 진짜로, 진짜 하늘을 보고 싶어요."

"멋지지. 멋지고말고. 꼭 보게 될 거다."

"약속한 거예요."

은혜가 새끼손가락을 내밀었다. 이렇게 오랜 세월이 지나도 약속의 몸짓이 동일하다는 것은 흥미로운 일이었다. 상현도 새끼손가락을 걸었다.

"아빠랑 한 이야기 다 알아듣겠니?"

"모르겠어요. 잘 모르는 이야기들이 대부분이에요."

"글은 쓸 줄 알아?"

"그럼요! 누굴 바보로 아세요?"

"공부는 어디서 하니?"

"공부…… 그냥 가끔 해요. 난 책 보는 게 좋은데, 책이 별로 없어요."

"도서관이 있다면서?"

"도서관에 들어가려면 칩이 있어야 해요. 환기구로 들어갈 수도 있는데 아빠가 위험하다고 혼자는 못 들어가게 해요. 영화 같은 것도 아빠가 틀어주면 환기구 안에서 보곤 했어요. 그 안은 어두워서 책은 볼 수 없어요. 칩 없이 태어났더니 불편해요."

"칩……."

상현은 갑자기 정강이를 걷어 올렸다. 자고 일어났더니 정강이가 아팠던 기억이 났다. 생채기 부분을 이리저리 주물러보았다. 은은한 통증이 오긴 하는데 칩이 있는지 없는지는 알 수가 없었다.

"여기 칩이 들어 있는 거 아닐까? 내가 자는 동안 수술을 한 거 아니야? 넌 알고 있지?"

은혜도 몰랐다.

"몰라요. 의사랑 누구랑 들어와서 어쩌고저쩌고하기는 했지만……."

그때 영호가 돌아왔다.

"물을 구했습니다. 다행히 건너편 집에 물이 좀 있더군요."

"물도 배급이 되나요?"

영호가 고개를 끄덕였다.

"여긴 지하입니다. 지상에는 비라는 게 와서 물을 구할 수 있었다고 하던데, 여긴 물 구하는 게 제일 큰 문제죠. 정말 쉽지 않습니다."

"수도는 없나요?"

영호는 머뭇거렸다.

"수도, 아, 지상에서는 집집이 물이 나오는 수도꼭지라는 게 있다죠. 여긴 그런 건 없습니다. 옛날에는 집집이 조리 도구를 사용할 수 있는 에너지원도 보급이 되었다고 하던데 여기서는 전기 말고는 집에 연결된 것이 없습니다."

"전기라……. 그래서 집 안이 밝은 거군요. 전등은 안 보이던데."

"저도 잘 모릅니다. 하지만 집 안에 들어오면 불이 켜지게 되어 있습니다."

"인터넷도 없습니까?"

영호는 다시 머뭇거렸다.

"그게 아마 인트라넷과 비슷한 거죠? 퓨처의 시스템에 연결된 정보검색 단말기는 있습니다. 하지만 공공장소에서만 사용할 수 있습니다."

영호는 고체 연료에 불을 붙이고 가루 수프를 끓였다. 은혜는 냄새만으로도 허기져 죽을 것 같았다. 수프를 접시에 따르자 뜨거운 줄도 모르고 훌훌 들이켰다.

"어떻게, 먹을 만한가요?"

영호의 물음에 상현은 웃음을 지었다.

"잘 모르겠네요. 아무튼 100년 만에 처음 먹는 음식이라서……."

"퓨처는 맛 같은 건 모르죠. 그냥 필수 영양분만 담아놓은 겁니다. 책에 있는 표현대로라면 개똥 같은 맛이겠죠."

상현이 웃었다.

"아니, 그 정도는 아닙니다. 그건 정말 입에 못 댈 맛에나 쓰는 표현이죠."

은혜는 여전히 배가 고팠지만 어쩔 수 없는 일이었다. 배불리 먹을 수만 있다면 분명히 키도 더 크겠지만.

두 사람은 칩에 대해서 이야기를 하고 있었다. 상현의 종아리에 칩이 들어 있는 게 분명한 모양이었다. 영호도 거기에 칩이 있었다고 말했다.

재미없는 이야기를 듣느니 나가서 먹을 거라도 찾아보는 게 나을 것 같았다. 먹을 것을 찾는다는 건 사실은 남의 집에 들어가 도둑질을 한다는 의미였다. 이 지하도시에는 식물도 자라지 않는다. 벌레조차 보이지 않았다. 도시의 경계가 되는 확장 구역들에는 식물도 조금 자라고 벌레도 있다고 했다. 은혜는 아직 가본 적이 없었다. 몸을 일으키려는데 상현이 다가와 질문을 던졌다. 칩 이야기는 끝난 모양이었다.

“확장 구역은 어디야? 여기서 보이나?”

은혜가 창 앞으로 다가가 먼 곳을 가리켰다.

“저쪽이에요. 여기선 안 보여요. 거기 집들에는 전기도 안 들어오고 인트라넷도 없대요. 하지만 처형 로봇도 없대요.”

“처형 로봇?”

그 순간 은혜가 창 아래로 몸을 확 낮췄다.

“아저씨, 몸 낮춰요. 처형 로봇이 지나가요!”

상현과 영호도 놀라서 몸을 낮췄다. 상현은 창 쪽으로 슬금슬금 다가왔다.

“칩이 없는 인간은 처형 로봇이 바로 죽여버려요.”

상현은 조심스럽게 고개를 내밀어 처형 로봇을 찾아보았다. 바로 알 수 있었다. 검은 금속의 번들거리는 몸이 보였다. 커다란 갑충처럼 생겼는데 앞뒤로 더듬이 같은 것이 두 가닥 나와서 천천히 움직이고 있었다. 그 더듬이로 퓨처와 통신을 한다고 했다. 그 밑에 작은 원통이 입처럼 튀어나와 있었는데 총구라고 했다. 이것 역시 양쪽에 모두 달려 있었다. 다리가 여섯 개 달린 것도 곤충과 같았다.

처형 로봇은 지나쳐가는 것처럼 걸어가다가 다리의 운동 방향만 바꿔서 오던 길을 되돌아갔다. 다리를 한 번 들었다 내리자 다리의 운동 방향이 순식간에 바뀌었다. 앞뒤로 모두 머리를 가진 셈이라 몸을 돌리지 않아도 상관없는 모양이었다. 여섯 개의 다리가 있어서 어떤 지형에서건 안정적으로 움직이고 천장에 붙어서도 이동할 수 있다고 했다. 발바닥에 빨판이 있다고 한다.

한 대만 온 것이 아니었다. 처형 로봇의 검은색 금속이 번쩍이는 것을 또 볼 수 있었다. 망했다.

4. 처형 로봇

“칩이 있는 사람은 공격하지 않는다고 했으니, 내가 나가서 상황을 살펴보는 게 어떨까요? 칩을 가진 사람은 나뿐이니까.”

상현의 말에 영호는 고개를 저었다.

“저들이 칩을 가진 사람을 죽일 수 없는 것은 아니에요. 특정 칩의 주인에 대한 처형 명령을 내리면 언제든지 죽일 수 있어요. 보통 사람들은 그럴 일이 없으니까 안심할 뿐이죠.”

“칩으로 사람 위치도 찾아낼 수 있다는 거죠? 저것들이 나를 쫓아온 것일 수도 있겠군요.”

상현은 종아리를 만지며 말했다.

“이거 어떻게 없앨 수 있나요?”

"칼로 째는 수밖에 없습니다. 그래서 꺼내면 되죠."

"그럼 영호 씨도 그렇게 빼낸 건가요?"

영호가 고개를 끄덕였다.

"항생제를 구하기가 쉽지 않기 때문에 그런 간단한 칼질도 매우 위험하죠. 자칫하면 파상풍이나 패혈증으로 죽게 됩니다."

상현은 종아리에서 손을 뗐다.

"칩을 빼버렸는데 센터에는 어떻게 들어온 겁니까?"

"칩은 피 성분을 이용해서 신호를 보내는 것 같습니다. 아니면 신호를 받든가요. 아무튼 그래서 혈액 샘플 안에 칩을 넣으면 통과할 수 있습니다."

영호는 붉은 피가 들어있는 팩을 꺼내 상현에게 보여주었다.

"이 팩 안에 칩을 넣으면 됩니다."

"재미있는 방법이군요. 원리가 뭔가요?"

"모릅니다."

영호가 당연히 모른다는 듯이 뻔뻔하게 말했다. 상현은 약간 당황한 눈치였다.

"우리는 모르는 것이 너무 많습니다. 오리지널 맨인 상현 씨가 필요한 이유 중 하나죠."

은혜가 두 손을 휘저었다.

"지금 그런 이야기 할 때가 아니에요! 처형 로봇이 밖에 있다고요."

상현이 밖을 살펴보았다. 처형 로봇이 보이지는 않았다.

"정문 말고 나갈 곳은 없나요?"

"우리가 나갈 곳은 없습니다. 은혜라면 빠져나갈 수 있는 통로가 있지만."

상현이 한숨을 쉬었다.

"지금에서야 아무 쓸모도 없는 말이겠지만, 비상 통로쯤은 만들어놨어야죠."

"우리는 건축 방법을 모릅니다. 만들어진 것을 이용할 뿐이죠."

"시나 짓고 노래나 부를 시간에 공부를 좀……."

상현은 말해봐야 소용없다는 것을 깨닫고 입을 닫았다. 이 사람들은 체계적인 교육을 받지 못했다. 변변한 책도 없다고 했다. 지식이 불균형하고 편중되게 형성된 것이 이 사람들의 잘못은 아니다.

"저것들이 나를 쫓아왔다 치고, 왜 죽이러 들어오지 않는 걸까요?"

"사람들이 더 모이는 것을 기다리고 있겠죠. 저들이 원하는 건 일망타진이니까요. 밤이 되면 이곳으로 반군 지도자들이 모두 모일 겁니다."

"밤이 된다고요? 여긴 지하라 해가 없다고 했잖아요?"

"해는 없지만 사람들이 어두워야 자니까요. 때가 되면 깜깜해집니다. 그러면 모두 자는 거죠."

"그러다 밝아지면 일어나고?"

"네. 그때마다 사이렌이 울려서 때를 알려줍니다."

"그러고 보니 시계가 안 보이던데……."

"시계라는 건 여기에 없습니다. 시간이 존재하지 않는 세계죠."

상현은 초조하게 방 안을 오락가락했다.

"은혜가 지나갈 수 있다는 통로는 어떤 겁니까? 센터에서 본 것처럼 바닥에 있는 통로인가요?"

"그렇습니다."

"그럼 한번 그 통로를 봅시다."

은혜는 리모컨을 눌러 통로를 열었다.

"통로가 열리는 것도 물론 전기로 하는 것이니 전기는 분명히 들어오는 거군요. 내가 살았던 때는 220볼트를 사용했어요. 퓨처의 시스템도 마찬가지일 테니까 이 집에 들어오는 전기도 220볼트일 겁니다."

상현은 열린 통로 안을 지나가는 여러 가지 케이블들을 살펴보았다.

"이것들은 전기일 거고, 티브이 선과 랜선, 전화선도 있는 것 같은데?"

중얼거리던 상현은 자신의 가방을 가져와 커다란 드라이버를 꺼내 들더니 선의 위치를 가늠한 뒤에 벽을 뜯어내기 시작했다.

"유레카! 찾았어!"

은혜가 옆으로 달려와 무엇을 찾았는지 보았다. 흰색 사각형 판 위에 동그란 구멍이 두 개 뚫려 있었다.

"전기 콘센트야."

상현은 자신의 노트북에 검은 케이블을 연결하고 케이블 끝에 달린 동그란 막대 두 개를 콘센트 안에 집어넣었다.

"잘돼야 하는데……."

상현이 노트북에 붙어 있는 키를 누르자 노트북에서는 기분 좋은 '윙' 소리가 울렸다.

"됐다!"

상현은 두 손을 비비며 좋아했다.

"완벽하게 보관되었군. 100년도 넘은 기기가 작동하다니."

"아저씨도 100년이 넘었는데 잘 작동하네요."

"그래, 그렇구나. 아저씨가 장수 기록을 경신했겠는데?"

상현은 말하면서도 손을 쉬지 않았다. 통로를 지나가는 초록색 선을 꺼내 들더니 케이블 껍질을 벗겨냈다.

"이건 아니네."

그다음에는 파란색 선을 벗겨냈다.

"찾았다!"

"그게 뭔데요?"

"랜선. 우리를 구해줄 유일한 방법일 거다."

상현은 영호를 바라보고 말했다.

"밤은 언제 시작되나요?"

"잘 모릅니다. 얼마 안 남은 것 같기도 하고."

은혜가 말했다.

"센터 다녀오는 것보다 더 남았어요. 아직 별로 안 졸려요."

"잠이 오는지 안 오는지 그런 초원시적인 방법으로 아는 거군요."

"시계라는 게 있으면 시간을 잴 수 있다는 건 알지만, 그걸 만들 방법이 없더군요."

상현은 가방 안에서 케이블을 하나 꺼내 끄트머리를 잘라버리더니 통로에서 꺼낸 선과 연결하기 시작했다. 총 여덟 가닥을 하나하나 정성스럽게 이어 붙였다.

"자, 어떻게 되는지 보죠."

상현의 노트북 화면에는 퓨처 인트라넷이 떠 있었다. 영호는 너무 놀라 말을 하지 못했다.

"이, 이게 뭔가요? 퓨처 인트라넷?"

"그렇습니다."

영호가 비틀거리다가 의자에 털썩 앉았다.

"그럼 우리는 지금껏 단말기를 마음대로 이용할 수 있는데도 그걸 모르고 도서관에 잠입하는 위험을 무릅써왔다는 건가요. 세상에나!"

상현은 영호의 말이 들리지 않는 모양이었다. 정신없이 노트북의 자판을 두들기고 있었다.

"이런 바보 같은 프로그램이라니……."

상현이 혀를 찼다. 은혜가 옆에 바싹 앉았다. 노트북 화면에는 알 수 없는 영문 글자들이 좌라락 지나가고 있었다.

"뭐가 어떤 건데요?"

"퓨처 시스템은 유닉스의 파이선 라이브러리를 기반으로 하고 있어. 이런 걸 역컴파일하는 건 식은 죽 먹기지. 심지어 방어벽도 제대로 없는 이런 허술한 프로그램이라니……."

"무슨 말인지 하나도 모르겠어요!"

"그냥 이걸 짤 때 나를 불렀으면 훨씬 그럴듯한 놈을 만들어 주었을 텐데……."

상현은 대답인지 혼잣말인지 알 수 없는 이야기를 하며 계속 자판을 빠른 속도로 눌렀다.

"이거군, 이거야."

상현은 영호를 불렀다.

"이제 30분 후면 밤이 됩니다."

"30분이요?"

"아, 뭐라고 하지? 밥 한 끼 먹는 정도의 시간? 아무튼 얼마 남지 않았어요. 밤이 되면 반군 지도자들이 이곳으로 옵니까? 바로 오나요?"

"어두워지면 움직이기 시작하니까요. 곧바로 도착하지는 않겠죠. 오는 데 걸리는 시간도 있을 거고."

상현은 흥미진진하게 인트라넷을 뒤지고 있었다.

"영호 씨, 왜 퓨처가 인간을 3만 2000여 명 만들었는지 알아요?"

"네? 그건 아까 말하지 않았나요?"

"난 그 숫자가 정말 궁금했거든요. 이상한 숫자잖아요. 정확하게는 남자, 여자 각각 1만 6384명을 만들었고 합이 3만 2768명이에요. 다 2의 배수죠. 이 숫자가 퓨처의 시스템이 감시할 수 있는 최대치 숫자예요."

영호의 얼굴에서 말하기 어려운 모욕감이 느껴졌다.

"정말 퓨처는 우리를 인간이 아니라 부품으로 취급하는군요."

"꼭 그런 건 아니에요. 그냥 컴퓨터인 거죠. 인격이 없다고요."

"그래서 더 모욕감을 느낍니다."

상현은 가볍게 고개를 흔들고는 다른 질문을 던졌다.

"지상은 방사능 때문에 나갈 수 없다고 했죠?"

"퓨처가 그렇게 알려주고 있죠."

"어디서 보는 거죠?"

상현이 영호에게 노트북을 밀어주었다. 영호는 인트라넷에서 퓨처가 공지하는 메뉴로 들어갔다. 상현은 빠르게 키보드를 누르며 화면들을 하나하나 검토해나갔다. 그러다가 어처구니가 없다는 듯이 웃었다.

"미친 거군요. 이런 자료를 믿는단 말입니까?"

"뭐가 잘못되었습니까?"

"통제된 정보란 조작된 정보와 같은 거예요. 이 숫자들을 봐요. 모두 다 똑같은 숫자만 나열되고 있어요. 소수점 세 자리까지 똑같은 숫자가 하염없이 매번 반복되고 있네요. 이 반복 수치가 아마도 날짜였겠죠. 아니면 하루에 몇 번 측정하게 되었을 수도 있고. 아무튼 아무리 시간을 거슬러 올라가도 동일한 숫자밖에 없군요."

"동일한 수치는 매일 아침에 퓨처가 공지를 해왔습니다. 오늘도 변화는 없다는 이야기를 전하죠. 우리는 매일 실망하고. 그런데 그게 문제가 됩니까?"

상현이 어이없다는 눈으로 영호를 바라보았다.

"당연하죠! 아니, 어떻게……."

상현이 고개를 흔들었다.

"아니, 아니군요. 이런 게 문제가 있다는 걸 학습할 아무런 기회가 없었겠죠. 세상은 말이죠."

상현은 잠시 말을 끊었다.

"계속 움직이고 있어요. 지상은 말이죠. 바람이 불죠. 비가 내려요. 모든 것이 움직이죠. 살아 있는 것도, 살아 있지 않은 것도. 그 순간순간은 늘 달라요. 따라서 그 한순간을 찍어서 수치로 나타낸다면, 그건 언제나 다를 수밖에 없죠. 완전히 일치한다는 것, 즉 고정불변의 수치라는 것은 인공적으로 만들어진 환경일 수밖에 없는 거예요."

상현이 노트북의 수치를 가리켰다.

"핵폭탄이 터져서 외부가 어떻게 되었든지 지구는 움직여요. 여전히 달도 하늘에 떠 있을 것이고요. 절대 이런 수치가 나올 수가 없어요. 그리고 여길 봐요. 외부 도시, 외부 생명체, 외부 인간, 외부 통신……. 그 어떤 것도 발견되지 않았군요."

"그럼…… 외부에 사람이 있을 수 있다는 건가요?"

영호의 목소리가 떨렸다. 상현도 흥분한 목소리로 말했다.

"인간이라는 존재가 이렇게 나 하나만 남아 있을 리는 없지요. 우리는 그런 존재가 아니에요. 인간은 혹독한 빙하기를 뚫고 그 많은 전쟁을 거치고도 살아남았어요. 같은 종끼리 죽이면서도 계속 전진해온 독종들이죠."

"밖으로 나가면, 밖으로 나가면 사람들을 만날 수 있겠죠?"

영호가 상현의 어깨를 힘차게 붙잡더니 은혜를 돌아보며 말했다.

"지구는 멸망하지 않았어! 인공지능의 바보 놀음이었다고!"

"아빠, 그럼 우리 하늘을 보러 갈 수 있는 거야?"

"물론이지!"

영호는 상현을 보며 말했다.

"모든 수치는 동일해야 하는 줄 알았어요. 그럼 대체 이건, 이건 무슨 뜻이죠? 무슨 일이 벌어진 거죠?"

"간단해요. 외부 통신이 끊겼다는 겁니다."

"네?"

"퓨처에게 외부 상황을 알려주는 센서가 지상에 있었겠죠. 지상의 상황을 수집하는 센서 말이에요."

"그렇죠. 그게 이렇게 수치를 알려주는 거잖아요."

"그 센서가 고장 나서 기능이 사라졌거나, 그 정보를 전달해주는 중계기가 고장 나서 늘 같은 값을 되돌려주게 된 거예요."

"아아, 그걸 퓨처는……."

"지상 세계는 변화가 없는 걸로 해석한 거죠. 동일 값이 반복되면 오류로 판단하는 기능을 넣었어야 하는데…… 사람이 있었다면 쉽게 알아차렸을 거예요."

"사람은 있었죠. 까막눈인 사람이……."

상현은 풀이 죽은 영호의 어깨를 툭툭 쳤다.

"영호 씨 잘못이 아니에요. 아무 공부도 못 했으니 그렇게 생각하는 것도 당연하죠."

은혜는 너무 놀라 심장이 벌렁벌렁했다.

"아저씨! 그럼 다른 사람들이 있다는 거예요? 우리랑 똑같이 생기지 않은 다른 사람들이? 그림책에서 본 것처럼 피부색도 다르고 얼굴 모양도 다른 그런 사람들이 지상이라는 곳에 있다는 거예요?"

"그럴 거다."

영호는 믿을 수 없다는 얼굴로 말했다.

"하지만 그랬다면 지상의 생존자가 여길 찾아오지 않았을까요? 100년이나 지나기 전에 말이죠."

"100년이요……. 내가 본 바로는 지금은 2127년이 아니에요. 2427년입니다. 최소한 이 센서나 중계기는 300년 전에 고장났어요. 방사능도 자연 정화되었을 것 같은 시간이네요."

"2427년……."

"하하, 난 세상에서 가장 오래 산 사람이네요. 400년을 살아내다니, 뭐 진짜로 산 시간은 형편없어도 말이에요."

"그렇게 오랫동안 인간은 퓨처에게 사육을 당했군요. 어떻게 아무도 찾아오지 않았는지 더 이상하네요."

"이곳은 피난처죠. 지상에서 본다면 망가진 건물이거나 아니면 흙더미에 묻힌 곳일 뿐일 겁니다. 아무도 모르는 것뿐이에요. 지상에는 이제 꽃이 피고 새가 울고 있을 겁니다. 나무 그늘 아래 동물들이 뛰놀고 있을 거예요. 그걸 보고 싶지 않습니까?"

은혜가 펄쩍 뛰어올랐다.

"동물! 강아지, 고양이가 정말 있는 거예요? 영화에만 나오는 상상이 아니란 말이죠? 아빠, 우리 나가요! 우리 지상이라는 곳에 가봐요!"

영호의 얼굴은 어두웠다.

"모, 모르겠습니다. 퓨처가 없는 곳으로 도망치고 싶었지만 그 가능성이 열린다고 생각하니까…… 솔직히 말씀드리면 정말 모르겠어요. 우리는 식량도 만들 줄 모르고 연장도 만들 줄 모릅니다. 그냥 자동화 공장이 제대로 돌아가는지 관리하는 게 일의 전부죠. 반군이라고 해도 도둑질하는 것 말고는 제대로 아는 게 없어요. 바깥에 다른 세상이 있다는 건 기쁘기도 하지만 한편으론 무섭네요. 무서워요."

상현은 은혜를 돌아보았다.

“지상에는 무서운 것도 많아. 강아지나 고양이만 있는 게 아니지. 무서운 맹수도 있고 처형 로봇만큼 무서운 독충들도 있어. 저렇게 크지는 않지만.”

은혜는 가슴을 탁탁 쳤다.

“처형 로봇처럼 총을 쏘지는 않을 거잖아요. 아빠! 퓨처가 없는 세계잖아요. 난 나가보고 싶어요. 여긴, 여긴 너무 끔찍하다고요!”

상현이 영호에게 말했다.

“아무튼 우리는 나가야 합니다. 이 안에서는 아무것도 할 수 없어요. 사람들을 구할 수도 없고. 무기도 없고 먹을 것도 없고……. 대체 뭘 하겠나요? 상대는 인정에 호소할 수도 없는 기계인데.”

영호는 머리를 감싸 쥐었다.

“좋아요. 나간다고 칩시다. 그런데 우리는 당장 이 집도 못 나갈 형편이에요. 지상으로 나가기는커녕요!”

상현이 씩 웃었다.

“방법이 있어요. 처형 로봇을 꼼짝 못 하게 할.”

“그게 뭡니까?”

“퓨처는 컴퓨터입니다. 모든 것을 제어하는 슈퍼컴퓨터인 셈이죠. 퓨처를 꺼버리면 처형 로봇도 움직이지 못할 겁니다."

"그건 안 됩니다!"

영호가 큰 목소리로 반대했다.

"시스템을 꺼버리면 큰일 납니다."

"무슨 큰일이요?"

상현은 걱정이 안 되는 모양이었다.

"퓨처가 다운되면 전력이 끊겨요. 당연히 엘리베이터도 작동하지 않을 겁니다. 어떻게 위로 올라가죠? 그보다 더 큰 문제가 있습니다. 여긴 지하예요. 퓨처가 멈추면 공기 순환 시스템도 멈춥니다. 우리는 모두 질식사하고 말 겁니다."

상현이 손사래를 쳤다.

"그럴 리가 없습니다. 생존과 관련되는 프로그램은 절대 한 가지로 작동하지 않습니다. 비상사태에 대비한 예비 전력이 가동될 겁니다. 그리고 일정 시간이 지나면 퓨처는 강제 부팅되어서 다시 작동할 거예요. 우리는 그사이에 빠져나가기만 하면 돼요."

영호도 물러나지 않았다.

"도시의 모든 목숨을 걸고 모험을 할 수는 없습니다. 우리는 퓨처 없이는 살 수 없어요."

"바보 같은 소리 하지 말아요! 우리 모두 여기서 장렬하게 전사하자는 거예요? 처형 로봇이 괜히 저길 왔다갔다 하는 거겠어요? 불이 꺼진 다음에 어둠 속에서 우릴 잡아 죽이려고 하는 거잖아요! 당장 시스템을 다운시킨 뒤 센터로 가서 외부로 빠져나가야 해요. 당신이 겁난다면 내가 나가죠. 시스템 따위를 걱정하지 말아요. 당신은 이 빌어먹을 기계가 해주는 밥이나 먹으면서 지내라고요. 난 여기서 죽지 않을 작정이니까!"

상현은 노트북을 영호 앞으로 돌렸다.

"이제 키보드에 있는 Y자를 누르면 시스템이 다운됩니다. 직접 하든지, 아니면 여기서 죽든지 마음대로 하세요."

영호는 두 손에 얼굴을 묻었다.

"그런 큰 책임을, 나한테 미루면 어떡합니까? 난…… 난…… 결정할 수 없어요. 그러지 말고 퓨처를 고쳐주세요. 반군을 공격하지 않게 수정해주면 훨씬 일이 간단하단 말입니다."

"간단하지 않아요. 그런 수정을 금방 해낼 수는 없어요. 지금 우리는 곧 죽을 수도 있다고요!"

"그, 그렇지만……"

은혜는 아빠가 이렇게 곤란해하는 것은 처음 봤다. 아빠는 늘 자신감이 있었다. 늘 모든 일이 잘될 거라고 말했었다. 그 말은 아빠 스스로를 속이는 말이었던 걸까?

"자, 이러면 되죠?"

은혜는 Y자를 눌렀다. 영호가 깜짝 놀라 몸을 일으켰다.

"은혜야! 무슨 짓을 한 거냐!"

영호는 노트북으로 몸을 숙였다.

"취소, 취소해야 해. 취소 버튼은 뭐죠?"

"그런 건 없어요."

상현의 말과 동시에 사방이 어두워졌다. 밤이 온다는 예고 방송도 없이 어둠이 내린 것이다.

"으아! 어떡하죠! 이제 어떡하죠? 우리는 다 죽었어! 죽을 거야!"

영호가 너무 놀라는 통에 은혜도 불안해지고 말았다.

"왜 이런 짓을! 은혜 너는 왜 아무것도 모르면서! 숨이 막혀오는 거 같지 않냐?"

은혜는 더듬거리며 영호에게 다가가 손을 잡았다.

"아빠, 침착해. 우린 아직 숨 쉬고 있잖아."

영호는 은혜의 말에 입을 다물었다. 손은 부르르 떨리고 있었지만 조금씩 진정이 되는 모양이었다.

상현의 목소리가 들렸다.

"이렇게 소심한 분이 칩은 어떻게 제거하고 반군은 어떻게 된 겁니까?"

"그, 그거야, 아내를, 사랑했으니까!"

영호는 떨리는 목소리를 감추려고 말을 토막토막 끊어서 했다.

"아유, 닭살!"

실제 닭을 본 적이 없는 은혜가 닭살이라고 말했다.

"너무 걱정하지 말아요. 금방 전원이 돌아올 겁니다."

"안 돌아오면! 안 돌아오면 어쩔 겁니까?"

"돌아오든 안 돌아오든 일단 여기를 벗어나야죠. 처형 로봇하고 마주치고 싶지는 않군요."

"처형 로봇도 멈췄을까요?"

"처형 로봇이 스스로 판단해서 움직이지는 않을 겁니다. 퓨처의 중앙 시스템에서 통제하고 있는 게 틀림없어요. 퓨처가 다운되었으니까 그냥 고철덩어리라고 봐야겠죠."

은혜가 영호의 손을 꽉 쥐었다.

"아저씨, 암만 그래도 처형 로봇 앞으로 가고 싶지는 않아요."

그 순간 어슴푸레한 빛이 돌아왔다.

"비상 전력으로 교체되었군요."

어슴푸레하긴 해도 앞뒤 분간은 될 수 있는 정도였다.

"여기 조명 시스템은 참 희한하군요. 빛이 어디서 나오는지 모르겠어요. 아마 천장 전체를 아르곤 가스 같은 걸로 채워서 조절하는 것 같네요."

"저도 모릅니다."

"그럼 여기를 떠납시다. 센터로 가야 해요."

상현은 가방에 노트북을 담았다.

"이젠 쓸모없을지도 모르지만……."

상현이 출입구를 열었다. 거리에도 어슴푸레한 조명이 비치고 있었다. 처형 로봇 두 대가 멈춰 서 있는 것이 보였다.

"내가 먼저 가보죠. 뒤따라오세요."

상현은 처형 로봇 앞으로 걸어갔다. 은혜는 주먹을 꽉 쥐었다. 저 툭 튀어나온 빨대 같은 주둥이에서 총알이 금방이라도 쏟아질 것 같았다.

"앗! 움직였어요!"

은혜는 몸을 돌려 영호에게 안겼다.

"안, 움직이는데?"

"분명히 더듬이가……."

영호도 몸이 굳었다. 처형 로봇은 더듬이를 흔들고 있었다. 퓨처와 함께 꺼진 게 아니었다!

"괜찮아!"

상현이 영호와 은혜를 불렀다.

"그거 움직여요!"

은혜는 담벼락에 몸을 숨겼다.

"아니야! 그냥 반사적인 행동이야. 자, 보라고."

상현은 처형 로봇을 들어 올려 거꾸로 내려놓았다. 뒤집힌 처형 로봇은 다리만 천장을 향했을 뿐, 몸뚱이는 똑같이 검정색의 반들반들한 윤기로 덮여 있었다. 처형 로봇은 꼼짝하지 않았다. 상현은 다른 한 대의 처형 로봇도 뒤집어버렸다. 그제야 안심한 은혜가 몸을 내밀었다.

"그건 뭐 하러 뒤집어요?"

"이렇게 생긴 것들은 뒤집으면 꼼짝 못 하거든."

영호는 다시 은혜의 손을 잡았다.

"가자!"

하지만 역시 처형 로봇 앞을 지나갈 때는 소름이 쫙 끼쳤다. 은혜는 몸서리를 치며 커다란 바퀴벌레 같은 처형 로봇 옆을 빠르게 지나쳤다.

5. 도시보존 지휘센터

은혜는 맨홀 뚜껑들 사이에 서 있었다.

"아저씨, 여기예요."

은혜는 첫 번째 맨홀을 가리키며 말했다.

"이게 의료 구역으로 가는 통로예요. 저건 도서관으로, 저건 행정명령실로……."

"괜찮아. 이번에는 그냥 입구로 들어가면 돼."

영호가 걱정스럽게 물었다.

"출입구가 닫혀 있으면 어떻게 하죠?"

"그럴 리가 없어요. 원래 전력이 끊어지면 문이 개방되게 되어 있어요. 아직 그냥 열린 채로 있을 거예요. 전기가 안 들어오는데 집 안에 갇히면 안 되기 때문에 자동으로 열리게 설계하는 게 기본이에요."

상현의 말이 맞았다. 출입구는 열려 있었다. 처형 로봇 두 대가 하릴없이 더듬이를 까딱거리며 서 있었다. 은혜는 자기도 한 번 뒤집어보겠다고 달려들었다가 옆으로 쓰러뜨리지도 못하고 포기했다.

"엘리베이터가 어디 있을 것 같습니까? 우린 그거 못 찾았거든요."

영호가 상현에게 물었다.

"이미 알고 있습니다. 아까 해킹했을 때 구조도를 봤어요. 엘리베이터는 센터의 한가운데에 있습니다. 사실 모든 길이 로마로 통하는 것처럼 모든 길은 엘리베이터로 통하게 되어 있어요. 그냥 똑바로만 가면 됩니다."

상현은 마치 길을 아는 것처럼 빠르게 이동했다. 갈림길이 나왔을 때도 망설이지 않았다. 은혜는 자기가 수직 통로를 내려간 것처럼 상현도 몸을 똑바로 향한 채 한 방향으로 움직이려 한다는 것을 알 수 있었다.

"보여요! 보여!"

영호가 감격으로 목이 멘 함성을 질렀다. 은색의 문 위로 반원형의 통로가 길게 뻗어 있는 것이 보였다. 세 사람은 날듯이 뛰어갔다. 지상으로 가는, 하늘로 가는 엘리베이터였다. 이제 저 은색 문만 열리면 지하 생활이 끝나는 것이었다.

"영호 씨, 이 버튼을 누르면 됩니다."

"상현 씨가 누르십시오. 저는 그럴 자격이……."

"뭣들 하는 거예요. 바쁘다고요!"

은혜가 냉큼 버튼을 눌렀다. 아무 일도 일어나지 않았다. 상현은 귀를 엘리베이터 문에 갖다 댔다. 역시 아무 소리도 들리지 않았다.

"이런 젠장 할!"

상현이 엘리베이터 문을 꽝 내리쳤다.

"무, 무슨 일입니까?"

"잠깐만요! 확인해볼 게 있어요."

상현은 다른 장소로 이동했다. 은혜와 영호는 다른 방도가 없었기에 그를 따라가기만 했다. 은혜는 불안감에 심장이 터질 것 같았다. 누군가에게 들키면 어떡하나? 다행히 센터 안에서 다른 사람을 마주치지는 않았다. 영호가 밤 시간이 되었기 때문에 센터 안 사람들은 모두 집으로 돌아갔을 거라고 말해주었다.

"자자, 여기예요."

그곳이 어떤 곳인지 은혜는 몰랐다. 상현이 찾고 있었던 것이 거기 있었다는 것밖에 알 수가 없었다. 상현은 그곳에 있는 단

말기로 달려들었다. 단말기는 제대로 작동했다. 단말기의 모니터에 불이 들어오자 상현은 그야말로 나는 듯이 손가락을 놀려 키보드를 조작했다.

"이런 빌어먹을!"

상현이 다시 한 번 욕설을 내뱉었다.

"대체 무슨 일입니까?"

"공기 순환 시스템이 죽었어요."

"헉! 그럼 우리는……."

영호의 안색이 바로 새파랗게 질렸다.

"괜찮아요. 바로 죽지는 않아요. 젠장, 젠장!"

"아저씨, 멀쩡할 거라고 했잖아요."

"멀쩡했어야 하지, 보통이라면. 보통이 아닌 게 문제였어."

상현은 바닥에 주저앉았다. 중얼거리듯이 말했다.

"공기 순환 시스템은 외부에서, 그러니까 지상에서 공기를 가져와. 이 안에는 식물이 없으니까 산소를 만들어낼 수 없거든."

그게 무슨 말인지 은혜는 알아들을 수가 없었다. 하지만 잠자코 상현의 말을 들었다. 사람은 때로는 이렇게 말을 하면서 자기 생각을 정리한다는 것을 은혜는 알고 있었다.

"퓨처가 생각할 때는 지상은 방사능으로 오염된 곳이거든. 따라서 거기서 들어오는 공기는 방사능 제거를 해야 하는 거지.

그걸 위해서는 막대한 전력을 사용하는 공기 정화 시스템이 필요한 거고. 따라서 공기 정화 시스템을 사용할 수 없으면 공기 순환 시스템이 멈추게 되어 있는 거야."

아빠는 파랗게 질린 얼굴로 상현에게 말했다.

"하지만 전력은 들어와 있잖아요? 왜 엘리베이터가 작동하지 않는 건가요?"

상현이 길게 한숨을 내쉬었다.

"사실 엘리베이터가 작동하지 않아서 공기 순환 시스템이 죽은 거 아닌가 의심한 거예요."

"네? 왜요?"

"엘리베이터는 외부와 연결이 되어 있잖아요. 시스템이 죽으면 외부와 연결된 부분은 모두 작동하지 않게 되어 있는 것 같다는 생각이 들었죠. 그래서 확인해보니까…… 정말 그렇게 되어 있네요."

"그럼 사람들이 모두 죽는 겁니까?"

상현이 고개를 저었다.

"그렇게까지 바보 시스템은 아니에요. 한계가 되는 시간이 지나면 시스템은 강제 부팅될 겁니다. 기다리는 수밖에 없어요. 엘리베이터 앞에서 기다리다가 시스템이 켜지면 재빨리 빠져나가도록 하는 겁니다."

영호가 걱정스러운 얼굴로 물었다.

"한계가 되는 시간이라는 건……."

"사람들이 숨을 쉴 수 없는 시간이겠죠."

"그 숫자는 칩이 있는 사람들 3만 명에 맞춰져 있겠죠?"

영호의 말에 상현의 얼굴이 파랗게 질렸다. 그때까지 잊어버리고 있던 한 가지 사실이 떠올랐던 것이다.

"사람들이 더 있죠. 천 명이나……. 컴퓨터가 세팅해놓은 한계 시간과 맞지 않겠군요. 그 전에 사람들이 질식사할 수도 있겠어요."

은혜도 놀라서 물었다.

"그럼 어떡하죠?"

"방법은 하나밖에 없어."

영호가 물었다.

"그 하나가 뭐죠?"

"지금 바로 퓨처를 되살리는 거죠. 재부팅해야 해요."

영호의 얼굴이 조금 풀렸다.

"그럼 어서 하세요."

"아니, 그냥 하면 안 되죠. 처형 로봇이 우리한테 몰려오게 하고 싶나요?"

"아저씨, 처형 로봇은 우리가 어디 있는지 모르지 않나요?"

"아니. 퓨처가 다시 켜지면 내 칩을 추적해서 위치를 알아낼 거야. 애초에 너희 집을 알아낸 것도 내 칩을 추적한 것이고."

"그럼 어쩌죠?"

상현이 입술을 꾹 깨물었다.

"방법이 없네. 칩을 꺼내자."

영호가 깜짝 놀랐다.

"여기서 말입니까?"

"방법이 없어요."

"하지만 여긴 칼도 없고 약도 없고……. 의료 구역으로 가야겠군요."

상현이 고개를 저었다.

"거긴 의사가 있잖아요. 퇴근한 뒤라고 해도 병원이라는 특성상 사람들이 있을 거예요. 사람한테건 로봇한테건 들키면 안 되죠."

은혜가 말했다.

"아빠, 필요한 게 뭐예요? 제가 가져올게요."

영호는 망설였지만 다른 방법이 없었다. 은혜는 필요한 물품을 머릿속에 잘 외워 배관 통로를 통해 의료 구역으로 들어갔다. 상현의 말에 따르면 밤이 되었을 것이고, 밤이면 모두 자야 한다. 그러니까 걱정은 했지만 의료 구역에는 아무도 없을 것이었다.

은혜는 정확하게 비품실을 찾아냈다. 메스와 붕대와 반창고, 핀셋, 스테이플러를 챙겼다. 소독약만 찾으면 되는데, 어느 건지 잘 알 수가 없었다. 빛은 어두웠고 글씨는 한글이 아니었다. 시간을 끌어서 될 일이 아니었기 때문에 은혜는 결국 흔들어봐서 물소리가 나는 걸 챙겨 들고 돌아갔다.

"하아, 이건……."

은혜가 들고 온 건 식염수였다.

"그래도 어쩔 수 없죠. 빨리 합시다."

상현의 손도 아까 영호의 손처럼 떨리고 있었다.

"저, 저는 이런 거 해본 적이……."

아니, 영호의 손도 떨리고 있었다.

"칩을 꺼냈다고 했잖아요."

"제가 직접 꺼낸 건 아니죠. 반군 사람들이 꺼내준 거죠."

"방법이 없어요. 반군이잖아요. 칩을 꺼내주세요."

상현이 바지를 걷어 올렸다. 생채기 자국이 있어서 어디를 째야 하는지는 금방 알 수 있었다.

"으으……."

영호는 부들부들 떨면서 메스를 상현의 종아리에 댔다.

"아빠! 그냥 그어!"

은혜가 영호의 손을 꾹 눌렀다.

"으악!"

상현이 비명을 질렀다. 칼날에 뭔가 부딪치는 것을 은혜도 느낄 수 있었다.

"피, 핀셋!"

칼날이 들어갔지만 틈이 벌어지지를 않아서 핀셋을 넣을 수가 없었다. 은혜는 칼날을 비틀어 억지로 틈을 벌렸다. 상현의 이마에서 땀방울이 뚝뚝 떨어졌다.

"아빠, 빨리!"

다행히 영호는 왼손으로 오른 손목을 붙들고 칩을 꺼내는 데 성공했다. 은혜도 칼을 꺼냈다. 소독약은 아니지만 식염수를 뿌려 피를 닦아냈다. 피를 닦아내는 대로 다시 핏물이 솟아올라 별 소용이 없었다. 영호가 스테이플러로 상처 부위를 봉합했다. 은혜는 붕대를 두르고 반창고로 고정했다. 붕대가 금방 빨갛게 물들었다.

"더 세게 묶어야 해."

"비켜라. 아빠가 하마."

은혜가 어설프게 묶은 붕대를 푸르고 영호가 단단하게 다시 고정했다.

"어때요?"

"아직은 아파서…… 정신이 없군요."

상현은 온몸이 땀투성이였다.

"꺼낸 칩을 센터 입구 쪽으로 가져다 놓도록 해요. 처형 로봇들이 내가 거기 있는 줄 착각할 테니 시간을 벌 수 있을 거예요. 나는 시스템을 리부팅할 테니까."

영호가 혈액 샘플 팩을 꺼내 상현의 칩을 그 안에 넣었다. 은혜가 그것을 들고 뛰어갔다. 지나는 길에 처형 로봇들 몇 마리를 보아서 움찔했지만 시간이 없다는 걸 잘 알고 있었기 때문에 눈을 질끈 감고 계속 뛰었다.

은혜가 떠나자마자 상현은 노트북을 다시 케이블에 연결했다. 퓨처의 시스템에 접근한 뒤에 리부팅을 할 수 있게 조작을 마쳤다. 은혜가 돌아왔다.

"입구에 팩을 놓아두었어요!"

"잘했다. 은혜야, 끌 때도 네가 했으니 켤 때도 네가 해라. Y를 눌러."

은혜는 망설임 없이 Y를 눌렀다. 바로 엘리베이터로 가고 싶었으나 상현의 다리 때문에 빨리 이동할 수가 없었다. 영호가 상현을 부축하고 천천히 움직이기 시작했다. 상현은 다리에 힘을 거의 주지 못해서 질질 끌다시피 하며 영호에게 의지했다. 상현의 가방도 영호가 걸머쥐었다. 그 가방에 텅 빈 식염수 통을 넣는 걸 보고 상현이 말했다.

"그건 뭐하려고요?"

"밖에 나가면 뭐든 필요할 겁니다. 물을 받아 마실 수도 있을 거고요."

그들이 얼마 가지 않아서 센터 전체에 우웅 하는 소리가 퍼지기 시작했다. 센터에 올 때마다 듣던 바로 그 소리였다.

"공기 순환 시스템이 가동되었네요."

"퓨처가 완전히 깨어났다는 의미죠."

영호의 얼굴이 굳어졌다.

"들키기 전에 빨리 엘리베이터로 갑시다."

상현은 깨금발로 뛰기 시작했다. 은혜도 같이 뛰었다. 어딘지 알 수 있었다. 모퉁이만 돌면 바로 그 은색의 웅장한 문이 보일 참이었다.

"아저씨, 다 왔어요! 힘내세요!"

그 순간이었다. '탕' 하는 소리가 들린 것은. 상현과 영호가 동시에 쓰러졌다.

"아빠!"

"난 괜찮아. 상현 씨?"

"아까 못 봤었는데……."

상현의 목소리에 힘이 없었다. 은혜는 천장을 올려다보았다. 처형 로봇이 거기에 매달려 있었다. 그래서 아까 왔을 때는 못

본 것이었다. 처형 로봇은 천장에서 벽을 타고 내려오고 있었다.

"은혜야, 가서 엘리베이터 버튼을 눌러! 아까 눌러본 그 버튼이야!"

상현이 다급하게 외쳤다. 하지만 역시 목소리에 힘이 없었다. 은혜는 죽어라고 뛰었다. 버튼을 눌렀다.

"인식 칩 오류. 적합한 사용자가 아닙니다."

은혜의 가슴이 철렁했다. 못 나간다. 칩이 없다! 은혜는 미친 듯이 다시 달려갔다. 숨이 턱에 찼다.

"아빠! 칩이 있어야 해요!"

모퉁이를 도는 순간 할 말을 잃었다. 영호와 상현 사이에 처형 로봇이 밑에 내려와 있었다. 상현이 영호 앞을 가로막았다. 그 순간 다시 총이 발사되었다.

"탕!"

상현이 쓰러졌다. 처형 로봇은 다시 총을 발사했다. 영호가 쓰러졌다.

"아빠!"

그 순간 상현이 미끄러지듯이 처형 로봇 밑으로 들어갔다. 상현은 처형 로봇을 뒤집었다. 은혜는 상현의 말을 기억하고 있었다. 뒤집으면 꼼짝 못한다고 했었다.

"어서, 어서 가! 어서 엘리베이터로."

처형 로봇은 발버둥치지 않았다. 그냥 여섯 개의 다리를 한 번 들썩이는 것 같더니 몸통은 뒤집지 않은 채 몸을 일으켰다. 상현은 처형 로봇 위에 올라탄 격이 되었다.

"이거, 곤충처럼 생겼다고 곤충은 아니었군! 젠장!"

상현이 헉헉대며 말했다. 처형 로봇의 튀어나온 주둥이는 이제 은혜를 향하고 있었다.

"안 돼!"

영호가 일어나 처형 로봇의 주둥이를 잡아챘다. 그걸 붙잡고 흔들어댔다.

"은혜야! 도망쳐. 엘리베이터로 가라. 어서."

영호의 몸에서 피가 콸콸 쏟아지고 있었다. 그런데도 영호는 떨지 않았다. 말을 끊어서 하지도 않았다.

"못 가요! 칩이 있어야 한대요!"

은혜가 울음을 터뜨렸다.

"칩! 칩은 여기 있다."

영호가 자신의 칩을 꺼내들었다. 하지만 칩만으로는 작동하지 않는다. 피가 있어야 했다. 피를 담을 것도.

"은혜, 가라. 넌 하늘을 볼 수 있어. 넌 여기 사람들을 모두 구할 수 있어."

상현은 눈을 뜨지 못한 채 소리를 질렀다.

"나가서 다른 사람들을 찾아. 그 사람들과 함께 돌아와야 해."

"어떡해요! 아저씨도 같이 가요! 아빠도 같이 가요!"

"난…… 난…… 가장 많은 자손을…… 두었는걸. 깨어나서 다행이야. 널 만나서…… 널 보아서……."

"내 얼굴도 제대로 못 봤으면서!"

"넌 나보다 더 용감해……. 어서 가……."

영호는 떨어져 있던 상현의 가방에서 식염수 통을 꺼내 입으로 마개를 열었다. 자신의 몸에서 쏟아지는 피를 식염수 통에 받아서 칩을 그 안에 넣었다. 뚜껑을 닫은 영호는 식염수 통을 굴려서 은혜에게 보냈다.

"어서 가라. 이제 가!"

"아, 안 돼요. 아빠도 가요, 아저씨도 가요!"

"틀렸어. 더 붙잡고 있을 힘이 없어……. 빨리 가."

상현이 처형 로봇 위에서 굴러떨어졌다. 상현이 억지로 눈을 떠서 은혜를 바라보았다. 그동안 자꾸 얼굴을 안 보려 한 것이 미안한 것처럼.

"가. 내가 살면 우리 모두 사는 거다! 넌 내 아이니까. 내 후손이니까. 가서 우리를, 우리를 살려!"

영호도 말했다.

"다시 돌아와야 해. 꼭……. 여기엔 너 말고도 수많은 은혜가 있으니까…….”

처형 로봇이 몸을 일으켰다. 두 사람은 이제 움직이지 않았다. 은혜는 부르르 몸을 떨었다. 식염수 통은 아빠의 피로 아직도 따뜻했다. 그것을 품에 꼭 안았다. 이제 처형 로봇이 자신을 총으로 쏠 것이다. 그렇게 생각하고 있었다. 하지만 처형 로봇은 가만히 더듬이만 흔들며 은혜 쪽을 보고 있다가 기계음을 내뱉었다.

“당신의 위치가 아닙니다. 위치로 돌아가시오. 경고를 무시하면 발포합니다.”

아빠의 칩.

아빠의 칩이 은혜를 보호했다.

은혜는 엘리베이터로 달려갔다. 처형 로봇은 더듬이를 흔들며 은혜의 행동을 지켜보고 있었다. 모두에게 정해진 위치가 있었다. 그 때문에 아무도 도시보존 지휘센터의 한가운데—어느 쪽에서 접근해도 가장 먼 곳에 위치한 이곳에 도달할 수 없었던 것이다. 은혜가 버튼을 눌렀다.

엘리베이터 문이 기분 좋은 금속성 소리를 내며 열렸다. 처형 로봇이 빠르게 다가오기 시작했다.

“그곳은 당신의 위치가 아닙니다. 2회 경고입니다. 발포합니다.”

은혜가 올라탔다. 문이 닫혔다. 시끄러운 소리와 함께 은색 입구가 움푹움푹 파였다. 총탄은 문을 통과하지 못했다. 엘리베이터가 위로 올라가기 시작했다.

엘리베이터는 뭔가에 덜컹 소리를 내며 부딪쳤다. 쿵쿵 소리를 내며 부딪치던 엘리베이터는 더 이상 움직이지 않고 멈춰버렸다. 문이 열리지 않았다.

은혜는 엘리베이터 내부에 있는 계기판을 들여다보았다. 비상개폐라는 버튼이 있었다. 버튼을 누르자 철컹 소리가 났다. 하지만 더 이상은 아무 움직임이 없었다. 은혜는 문틈으로 손가락을 넣어 문을 밀었다. 손톱이 부러졌다. 하지만 틈새가 조금 열렸다. 바깥의 공기가 밀려 들어왔다.

약간은 차가운, 하지만 기분 좋은 냄새. 은혜는 처음 맡아보는 냄새였다. 그것은 지상의 풀 냄새였다.

은혜는 다시 손가락 끝에 힘을 넣어 문을 밀었다. 먼지가 밀려 들어왔다. 바닥에 갈색의 먼지라기에는 두터운 것들이 쏟아졌다. 흙이다. 흙이 분명했다. 은혜의 머리가 간신히 나올 만큼 열린 문의 위쪽에 파란 하늘이 보였다. 은혜는 흙을 손바닥으로 쓸어보았다. 부드러웠다. 지하의, 퓨처의 세계에 있는 바닥처럼 딱딱하지 않았다. 은혜는 흙을 짚으며 위로 몸을 올렸다. 몸을 비틀어 하늘이 보이는 세계로 자신을 밀어 넣었다. 매캐한 흙냄새가 몸 안으로 밀려 들어왔다.

"이게 흙이야. 난 나왔어. 아빠, 내가 나왔어!"

은혜는 바닥에 나온 그대로 엎어져 있었다. 지구가 숨을 쉬는 것 같았다. 지구의 심장 소리를 듣고 있는 것 같았다. 눈물이 그치지 않고 흘러나왔다. 이곳은 너무 넓고 너무 밝았다. 퓨처가 있는 지하도시에서 최고로 밝을 때보다 더 밝았다. 은혜는 고개를 들었다. 파란 하늘이 보였다. 작은 단말기 모니터 속의 하늘이 아니었다. 비교할 수 없는 색깔이었다. 은혜는 몸을 뒤집어 하늘을 보고 누웠다. 똑바로 바라볼 수 없는 태양이 은혜의 온몸을 감쌌다. 따뜻했다.

풀이 있고 나무가 있었다. 모두 살아 있었다. 풀 사이로 움직이는 것들이 있었다. 처형 로봇을 조그맣고 귀엽게 만든 것 같은 무엇인가가 지나간 것 같았다.

은혜는 일어났다. 이제 다른 사람들을 찾아야 했다. 새로운 시작을 위해, 남아 있는 은혜들을 위해.

하이퍼트라디튬
광산에서 생긴
사건 보고서

하이퍼트라디튬 제17 광산 보고서 51

수신 : 하이퍼트라디튬 제17 광산 붕괴 매몰 사건 진상 조사 위원회 위원장

발신 : 멀티유니버스 주식회사 엔도탈 행성 지부장 겸 사고 처리 실행위원장

내용 : 생존자 XD-785214 (14세 여) 녹취록 제2 - 파일 첨부

녹취 : 한나 트랜스버그(VS-421745) 박사 (상담심리학)

일시 : 우주표준력 3278년 11월 9일 PM 10:14

정신 들었을 때 어땠냐고요? 추웠어요. 지하에 있는 동안은 추운지 몰랐는데, 열기가 계속 올라오는데도 몸이 부르르 떨렸어요. 깜깜하고…… 아무것도 보이지 않았어요. 여긴 다른 곳보다 좁거든요. 47구역부터는 통로가 좁아서 어른들은 들어올 수가 없어요. 우리도 몸을 낮춰서 움직여야 해요. 그러니까 150센티미터가 넘으면 다른 구역으로 옮겨 가야 해요. 작을수록 유리해요. 나는 또래보다 작은 편이에요. 천만다행이에요. 키가 쑥쑥 커버리면 구역을 옮겨야 하고 그만큼 벌이도 줄어드니까요. 아버지 약값이 장난 아니에요. 그걸 다 내가 벌어서 내고 있어요. 알아요. 그냥 흔한 소녀 가장 이야기라는 걸. 흔한 이야기라 미안해요. 집안 가장이 되고 싶어 된 건 아니에요. 우리 별 사람들은 다 이런걸요. 엄마는 동생 셋 때문에 꼼짝을 할 수가 없어요. 집에서 마리사 인형에 칩 심는 부업을 하는데, 하루 벌이가 그저 1200엔도밖에 되지 않아요. 그걸로는 아버지 약값은커녕 동생들 밥값도 간신히 될 정도예요. 저는 여기서 상급생이라 4800엔도를 받아요. 하지만 아버지가 점점 상태가 안 좋아져서 더 벌어야 해요. 그래서 밥을 조금만 먹고 있어요. 키가 더 자라면 안 되거든요. 위로 올라가면 4000엔도로 봉급이 줄어들어요. (**금속성 잡음**) 아, 네. 깨어났을 때 이야기를 하라고요? 아까 말씀드린 것처럼 깜깜하고 추웠어요. 나중에 들었는데 내가 추웠던 이

유는…… **(순서대로 이야기하면 됩니다.)** 아, 네. 공기가 차가운 것은 아니었어요. 하지만 몸이 떨렸어요. 그래요, 그랬어요. **(열기가 느껴졌다고 말했어요.)** 네, 맞아요. 열기는 계속 느껴졌어요. 나는 움직이려고 했는데 몸을 꼼짝도 할 수가 없었어요. 사람이 척추를 다치면 그렇게 된다고 들었어요. 나는 크게 다친 줄 알았어요. 하지만 손은 움직일 수 있었어요. 그래서 손으로 바닥을 짚고 일어나려고 했어요. **(엎드린 상태였나요?)** 아니요. 누워 있었어요. 그런데 몸을 일으키기도 전에 고개를 움직이는데 딱 하고 부딪치고 말았어요. 그거, 그거한테요. **(부딪쳤을 땐 뭔지 몰랐죠? 그때 그대로 이야기해주세요.)** 뭔지 몰랐는데 아무튼 되게 딱딱한 것에 부딪혀서 눈앞에 별이 어른거릴 정도였어요. 그리고 소리가 났어요. 그래서 그게 로봇이라는 걸 알 수 있었어요. 로봇은 자기 넘버를 길게 이야기했는데 그런 건 기억 못하겠어요. 로봇은 인간형 안드로이드였는데 무릎을 꿇고 엎드린 상태로 있었어요. 위로 무너져 내린 흙더미가 나한테 쏟아지지 않게 버티고 있었던 거예요. 로봇 덕분에 작은 공간이 만들어져 있었어요. 하지만 로봇의, 그러니까 사타구니 부근이 제 다리를 꽉 누르고 있어서 저도 움직일 수가 없었어요. 보여요? 제 다리 말이에요. **(계속 이야기하세요.) (금속성 잡음)** 고마워요. 나는 로봇한테 물었어요. 무슨 일이 벌어졌느냐고요. 로봇도 정확한 사실은 모른다고 했어요. 다만 광산에서 큰 폭발이 일어났고 그 때문에 광산이 무너졌다고 했어요. 내가 구출될 수 있느냐고 물었는데 로봇은 모른다고 했어요. 그리고 내가 상처를 입었다는 것도 알려줬어요. 그래서 나는 내가 왜 그렇게 추운지 알게 됐어요. 로봇은 원래 46구역에 있었대요. 그런데 폭발 때문에 떨어져 내린 거였어요. 그러면서 제 다리를 깔아뭉갠 거예요. 그래서 저는 피를 흘리고 있어요. 피가 빠져나가면 추워지는 거였어요. 하긴 피는 늘 따뜻하니까요. 학교에서는 왜 그런 걸 가르쳐주지 않는지 모르겠어요. 저는 공부를 좀 잘하거든요. 반에서 5등 안에는 들었어요. 우리 반은 열두 명이나 있거든요. 수업 시간에 다들 졸기는 해요. 광산에서 채굴하다가 학교를 가면 너무 피곤하거든요. 그리고 학교에서 잠을 좀 자야 집에 가서 동생들을 돌봐줄 수 있어요. 특히 우리 집은 아빠가 아프니까요. 제가 누나이자 아빠 노릇을 해야 하거든요. **(원래 이야기로 돌아가주세요.)** 아, 네. 죄송해요. 하던 이야기를 마저 할게요.

하이퍼트라디튬 제17 광산 붕괴 3사고 현장조사위원회 사무실

브라이언 로이드(AR-452378)가 말했다.

"이 부분은 로봇의 녹취 데이터가 있지 않던가요?"

장진핑(BC-145328)이 답했다.

"데이터 처리 완료된 파일이 있습니다."

위원장 함병호(AJ-332465)가 결정을 내렸다.

"그럼 그 부분부터 듣고 가도록 하죠."

하이퍼트라디튬 제17 광산 보고서 48

수신 : 하이퍼트라디튬 제17 광산 붕괴 매몰 사건 진상 조사 위원회 위원장

발신 : 멀티 유니버스 주식회사 엔도탈 행성 지부장 겸 사고 처리 실행위원장

내용 : 로봇 RTC-0034512 (3275년산 운영체제 US35) 저장 녹음 제1 - 파일 첨부

일시 : 우주표준력 3278년 11월 8일 PM 09:38

특기 : 파일 파손으로 인해 최초 12분 분량은 소실되었음

(잡음)

"XD-785214님의 부상은 일상적인 상황에서는 심각한 정도가 아니지만 아무런 의료적 조치를 취할 수 없는 상황에서는 심

각한 상태라 할 수 있습니다. 동맥을 다친 것은 아니지만 자연히 피가 멈출 때까지 손실양은 (잡음) 따라서 적절한 영양 공급이 불가능한 상태에서 24시간 이내 사망할 확률은 98퍼센트에 달합니다."

"그런 바보 같은 소리가 어딨어?"

"정확한 내용입니다. 그리고 그 이전에 질식사할 가능성이 훨씬 높습니다. 현재 공기 흐름이 극히 미미하여 산소가 곧 모자라게 될 것입니다. 현재 예상으로는 두 시간 30분가량 후에는 호흡 곤란이 일어날 것입니다."

"산소? 산소가 없다고?"

"저는 로봇이라 호흡을 하지 않습니다. 하지만 냉각을 하지 못하면 파괴될 것입니다. 순환항상성 회로판이 망가지면서 내부 온도가 급격히 상승 중입니다. 임시 저장된 램 데이터를 지키기 위해 비상 냉각 체제하에 있습니다. 하지만 냉각수를 대부분 유실했기 때문에 과열을 저지하는 데는 한계가 있습니다. 저도 두 시간 30분 후에는 과열로 파괴될 것으로 추정됩니다."

"네가 부서지건 말건 그게 무슨 상관이야! 엄마! 엄마!" (울음소리)

"제가 파괴되면 안 됩니다. 저는 구조팀이 올 때까지 활동을 계속하고 있어야 합니다."

"무슨 소리야?"

"저는 17구역의 광산 데이터를 가지고 있습니다. 이번 붕괴로 서버가 파괴되었으므로 해당 정보는 오직 제게만 있습니다."

"서버가 부서졌다고? 그걸 어떻게 알아?"

"17구역 담당 서버는 46구역에 있었고, 저도 거기 있었으니까요. 천장에서 떨어진 철제 빔에 맞아 서버는 두 동강이 났습니다. 하드디스크와 백업디스크도 박살이 났습니다. 현재 박살난 서버는 제 옆 3미터 이내에 흙더미와 함께 묻혀 있습니다. 더 밑으로 떨어지지 않았다면 말이죠."

"외부와 통신은 돼? 구조 요청을 보내라고."

"구조 요청을 보낼 수가 없습니다."

(잡음)

하이퍼트라디튬 제17 광산 보고서 2

수신 : 하이퍼트라디튬 제17 광산 붕괴 매몰 사건 진상 조사 위원회 위원장

발신 : 멀티 유니버스 주식회사 엔도탈 행성 지부장 겸 사고 처리 실행위원장

내용 : 광산 사고 후 수습 절차 제1 (자동공정표준화 절차에 의거함)

일시 : 우주표준력 3278년 11월 8일 PM 09:11

사고 현황 : 하이퍼트라디튬 제17 광산 보고서 1 참조

사고 표준절차 개시 : 사고 후 4분 30초 후 자동 처리

1. 사고 처리 실행위원회 소집

2. 통신 보안 작동 : 모든 통신 회로 개방 및 위원회 비선 통신 가동

3. 통신 회로 가동 : 정상라인 단선 확인, 비상라인 1차 가동 실패 (연속 가동 모드)

4. 일시 : 우주표준력 3278년 11월 8일 PM 09:38

5. 생존자 확인 : 현재 생존자 없음. 시신 4구 발견

하이퍼트라디튬 제17 광산 보고서 52

수신 : 하이퍼트라디튬 제17 광산 붕괴 매몰 사건 진상 조사 위원회 위원장

발신 : 멀티 유니버스 주식회사 엔도탈 행성 지부장 겸 사고 처리 실행위원장

내용 : 생존자 XD-785214 (14세) 녹취록 제3 - 파일 첨부

녹취 : 한나 트랜스버그(VS-421745) 박사 (상담심리학)

일시 : 우주표준력 3278년 11월 9일 PM 10:20

로봇은 24시간 안에 내가 죽을 거라고 했어요. 아무렇지도 않게, 태평하기 짝이 없는 목소리였어요. 수학 선생님이 공식을 읊듯이 그냥 아무렇지도 않게 말했어요. 로봇이 말이에요! 로봇은 사람을 지켜야 하지 않던가요? 그렇게 배웠던 것 같아요. 사실…… 확신은 못하겠네요. 저는 수업 시간에 자꾸 졸아서요. 공부를 많이 해야 좋은 돈벌이를 할 수 있는 사람이 된다고 하던데, 저는 그냥 키만 더 안 컸으면 좋겠어요. 어느 별인가에는 성장을 멈추는 주사가 있대요. 들어보셨어요? 죄송해요. 로봇은 자기도 다쳤다고 했어요. 아니, 파손이 있다고 했던가……. **(금속성 잡음)** 조금 어려운 이야기들을 했어요. 부품 명칭 같은 건 못 외우겠어요. 아무튼 로봇은 냉각 기관에 문제가 생겼다고 했어요. 파손되면서 냉각수를 많이 잃어버렸다고. 그 때문에 계속 문제가 일어난다고……. 구조 요청을 보내라고 했는데, 보낼 수 없다고 했어요. 데이터 보존을 위해서 냉각수를 전부 사용해야 하기 때문에 다른 장치는 사용할 수가 없다고 했어요. 로봇은 광산에서 수집한 데이터를 보고 정리한 뒤에 서버로 보내는데, 그 작업 중에 붕괴가 일어났대요. 그래서 해당 데이터는 뭐라더라? 램 저장 상태라고 했어요. 뭔지 잘 모르겠지만 전원이 꺼지면 모두 날아간대요. 그래서 계속 작동해야 한다고 했어요. **(금속성 잡음)** 로봇은 해결책을 알고 있었어요. 내 피로 자신의 냉각수를 보충할 수 있다고 했어요. 이미 내가 흘린 피를 냉각수로 사용하고 있었어요. 하지만 내 피가 점점 멈추고 있어서 필요한 만큼 모으질 못했대요. 그 때문에 나를 깨운 거였어요. (어떻게 깨웠죠?) 어떻게 한 거냐고요? 로봇이 깨웠어요. 로봇이 가진 장치로요. 음…… 로봇의 몸에는 당연히 외부에서 물질을 수집할 수 있는 여러 장치들이 있어요. 흡기관도 있고, 수집을 하는 집게 팔도 있고, 발화 장치나 전기 충격 장치, 외부 기기 접속을 위한 여러 가지 케이블도 있고…… 박사님은 박사인데 왜 그런 걸 모르세요? (계속 이야기하세요.) 아……(금속성 잡음) 저는 너무 놀라서 말을 할 수가 없었어요. 그게 말이 되냐고 소리를 쳤어요!

하이퍼트라디튬 제17 광산 보고서 49

수신 : 하이퍼트라디튬 제17 광산 붕괴 매몰 사건 진상 조사 위원회 위원장

발신 : 멀티 유니버스 주식회사 엔도탈 행성 지부장 겸 사고 처리 실행위원장

내용 : 로봇 RTC-0034512 (3275년산 운영체제 US35) 저장 녹음 제2 - 파일 첨부

일시 : 우주표준력 3278년 11월 8일 PM 09:44

특기 : 파일 파손으로 인해 1과 2 사이의 6분 분량은 소실되었음

"말도 안 돼! 나보고 죽으라고?"

"죽으라는 게 아니고 저한테 피를 나눠달라는 겁니다."

"피를 뽑으면 죽는다고!"

"어차피 XD-785214님은 죽습니다."

"더 빨리 죽을 거잖아!"

"구조대가 올 때까지 XD-785214님이 살아남을 확률은 0.045퍼센트에 불과합니다."

"왜!"

"우리는 지하 2329미터 지점에 있습니다. 현재 폭발로 지상까지 매몰되었을 확률은 89퍼센트에 달합니다. 폭발 강도는……(잡음)……에 달하기 때문에 생존자가 있을 확률도 없습니다."

"잠깐! 잠깐만! 내가 살아남을 확률을 높일 방법은 하나도 없는 거야?"

"있습니다."

"뭔데? 뭔데?"

"제 냉각수를 전기 분해해서 산소로 바꾸면 생존 시간을 연장할 수 있습니다. 하지만 이미 말한 것처럼 그렇게 해도 24시

간 이상 버틸 확률은 매우 희박합니다."

"사람이 살 수 있는데 로봇이 사는 방법을 고르라고 하는 거야? 너 미쳤지? 전자두뇌에 이상이 생긴 거지?"

"제 양전자 회로에는 아무 이상이 없습니다. 냉각 기관 이외에 이상이 있는 부분은 외부 충격을 감지하는 센서부, 다리 구동 모터, 어깨 관절 모터 등이네요. 나머지 잡다한 부분은 별 의미가 없을 겁니다."

"외부 충격을 감지하는 센서가 고장이라고?"

"이런 상황에서는 더 잘된 일일지도 모르겠습니다. 외부 감각이 살아 있으면 처리해야 할 데이터가 늘어나서 발열이 더 빨리 일어날 수도 있을 테니까요."

"그것 말고 정말 다른 이상은 없는 거야?"

"그렇습니다. 만일 이상이 생긴다면 동작을 멈추게 하는 (잡음) 회로도 무사합니다."

"동작을 멈춘다고? 그래, 넌 그냥 꺼지면 되잖아! 파워 오프하라고!"

"안 됩니다. 이미 말씀드린 대로 현재 15시간 분량 324건의 광산 데이터는 램 데이터로 되어 있어서 전원을 끄게 되면 모두 사라집니다. 따라서 저는 활동을 정지하면 안 되는 상황입니다."

"절대 안 된다고?"

"제 자신의 활동 정지에 대해서는 말할 권리가 없습니다."

"그래, 그러니까 네가 사람 목숨보다 더 소중하다는 거지! 그게 말이 되냐!" (잡음)

"그렇게 고함을 지르면 산소가 더 빨리 소모됩니다. 심장이 빨리 뛰면 산소 소모량이 커지기 때문입니다."

"시끄러!" (잡음)

"운다고 해결되는 일은 없습니다. 감정에 호소하는 일은 로봇인 제게는 무의미합니다. 시간이 계속 흐르고 있습니다."

"잠깐! (거친 숨소리) 잠깐! 시간을 좀 줘. 좀 기다리라고!"

(잡음)

"XD-785214님이 생각하는 동안 합리적인 선택을 위한 제안을 드리면 어떻겠습니까?"

"시끄러! 조용히 해!"

"아무 논의도 없이 시간을 보내는 것은 누구에게도 이익이 되지 않습니다."

"누구라니? 여기 누가 있는데?"

"여기에는 XD-785214님과 제가 있습니다."

"로봇 따위가 사람하고 같은 척하지 마!"

"여기에 없는 존재가 제일 중요합니다."

"그게 누군데?"

"회사입니다. XD-785214님과 저는 회사의 이익을 최우선으로 생각해야 합니다."

"왜? 내 목숨보다 회사가 우선이라고? 그런 게 어딨어?"

"XD-785214님에게는 자신의 목숨보다 소중하다고 여기는 것이 없습니까?"

(금속성 잡음)

"있어. 우리 가족. 난 우리 가족 때문에 이 빌어먹을 곳에서 일하고 있어! 넌 모르지? 너한텐 가족 같은 게 없잖아! 이 고철 덩어리야!"

"저는 철을 사용하지 않습니다. 광산의 습도가 철을 부식시키기 때문에 제 몸은 비철금속으로 이루어져 있습니다. 따라서 고철 덩어리라는 말은 제게는 맞지 않는 말입니다."

"시끄러! 잘나셨어."

"목숨보다 소중한 가족을 위해서 현명한 선택을 해야 합니다."

"가족들한테 살아서 돌아가는 것보다 현명한 선택이 뭐가 있어?"

"XD-785214님의 재산 등급은 25. 트라디튬 행성 최하 계층입니다. XD-785214님의 아버지 수술로 인한 채무로 265만

3432엔도의 부채가 있고, 현재 XD-785214님의 급여 중 이자만 떼어 가고 있지만 원금 상환 유예기간도 9개월 후에 끝납니다. 그때부터는 원금 일시 상환과 원리금 장기 30년 상환 중 하나를 선택해야 하는데, 그렇게 되면 XD-785214님의 월 수입은 2400엔도로 줄어들게 됩니다. 더구나 XD-785214님이 나이에 따른 성장으로 인해 상층부로 이동하게 된다면 월수입은 1800엔도 이하로 떨어질 가능성이 75퍼센트에 이릅니다. 월 수입 1800엔도라면 행성 표준 최저 생계비이고, 물론 그렇기 때문에 실질적으로는 더 많은 상환금을 내야 하지만 법적 규제에 따라 해당 금액만 상환하게 되는 것입니다."

"시, 시끄러! 나도 다 안다고!"

(금속성 잡음)

하이퍼트라디튬 제17 광산 보고서 30

수신 : 하이퍼트라디튬 제17 광산 붕괴 매몰 사건 진상 조사 위원회 위원장

발신 : 멀티 유니버스 주식회사 엔도탈 행성 지부장 겸 사고처리 실행위원장

내용 : 생존자 XD-785214 (14세) 녹취록 제6 - 파일 첨부

녹취 : 한나 트랜스버그(VS-421745) 박사 (상담심리학)

일시 : 우주표준력 3278년 11월 9일 AM 01:33

안다고 말했지만 사실은 모르고 있었어요. 아버지 수술비가 그렇게 엄청난 거였는지도 몰랐어요. (**어떤 기분이었나요?**) 창피했어요. 우리 집 일인데도 로봇보다도 모르는 거였잖아요. 동생들이 곧 광산에서 일할 수 있기 때문에 그렇게 되면 괜찮을 줄 알았어요. 그런데 사고 소식은 엄마한테 전해졌나요? 걱정하실 거예요. 일을 못 하게 되면 당장 문제가 생길 텐데. 엄마가 붙이는 인형 칩 가지고는 우리 집 살림은 어림도 없거든요. 저축도 없고……(금속성 잡음) 저축해봐야 아빠 이자로 나가버릴 거예요. 여태 몰랐는데…… (**사고 이야기로 돌아가 주세요.**) 아, 네, 죄송해요. 그런데 자꾸 눈이 감겨요. (**아직 자면 안 돼요.**) 네, 네.

하이퍼트라디튬 제17 광산 보고서 50

수신 : 하이퍼트라디튬 제17 광산 붕괴 매몰 사건 진상 조사 위원회 위원장

발신 : 멀티 유니버스 주식회사 엔도탈 행성 지부장 겸 사고 처리 실행위원장

내용 : 로봇 RTC-0034512 (3275년산 운영체제 US35) 저장 녹음 제3 - 파일 첨부

일시 : 우주표준력 3278년 11월 8일 PM 09:58

특기 : 파일 파손으로 인해 2와 3 사이의 2분 분량은 소실되었음

"네, 네가 나보다 중요한 이유가 뭔데?"

"광산 사고로 13구역 전체가 매몰되었다고 볼 때—그런 확률은 95퍼센트에 이름—13구역의 광물 분포와 통로에 대한 정보를 가지고 작동 가능한 데이터를 소지한 기기는 오직 저 하나입니다. 13구역에는 은하계 최강의 금속 하이퍼트라디튬 이외에도 사파이어와 루비, 지르코늄, 구리 등의 귀금속들이 상당량 매장되어 있습니다. 매장된 양과 채굴 가능한 양은 통로의 상태, 압력, 지질, 가스 유무 등 다양한 정보에 의해 판정이 가능한데, 이 통로들의 새로 개척된 위치 및 각종 정보는 우주표준력 3278년 11월 8일 오후 6시 이후 업데이트되지 않은 상황입니다. 현재 제 데이터뱅크에는 324건의 업데이트 자료가 임시 저장 형태로 남아 있는데, 데이터의 가치를 제가 평가할 수는 없으나, 일반적으로 일일 야간 작업의 데이터 가치는 3억 엔도에 달한다고 평가받으며, 이것은 열다섯 시간 분의 자료에 해당되므로 현재 세 시간 분의 가치는 2000만 엔도에 달합니다. 이 금

액은 XD-785214님의 일일 급여 4800엔도의 4167일 분에 해당합니다. 휴일 없이 일한다고 했을 때도 11년 5개월에 해당하는 금액입니다. 조만간 1800엔도로 급여가 떨어질 가능성을 고려하면 휴일 없이 일해도 약 30년에 해당하는 금액이 됩니다."

(금속성 잡음)

"그래서, 뭐!"

"따라서 회사의 중요 정보를 가지고 있는 저를 구해낸다면 회사는 그에 상응하는 보상금을 XD-785214님에게 지급할 것입니다. 여기에 사고로 인한 사망보상금이 보험사에서 지급될 것이므로 XD-785214님의 가정에는 아버지의 빚을 갚고 새로운 집을 사서 이사를 하고 동생들이 교육을 마칠 수 있을 만큼의 금전적 보상이 가능해질 것입니다."

"그러니까 널 구하고 죽으라는 거야? 말도 안 되는 소리 하지 마! 우리 가족들은 말이야, 그런 돈보다는 내가 더 소중하다고! 내가 죽으면 누구보다도 더 슬퍼할 거라고!"

"공동체 구성원이 사라지면 슬퍼하는 것은 보편적인 현상입니다. 마찬가지로 제가 사라지면 회사에서는 매우 슬퍼할 것입니다."

"로봇 따위가 사라졌다고 누가 슬퍼해!"

"공동체 구성원이 사라지는 것을 슬퍼하는 것은, 그와의 교감, 기억 등이 갱신되지 않고 멈추기 때문입니다. 저 역시 입력과 출력으로 교감을 나누고 제 기억을 갱신함으로써 회사 구성원들과 소통하고 있는 존재입니다."

"마, 말도 안 되는 소리 하지도 마! 넌, 넌 살아 있는 게 아니잖아! 사람하고 다르다고!"

"사람을 구성하는 유기물질로 구성되어 있지 않으므로 다른 것은 맞습니다. 하지만 회사 입장에서 보면 맡겨진 임무를 수행하는 존재로서 XD-785214님과 저 사이에 본질적인 차이가 없습니다."

"넌 그냥 기계라고! 기계야! 얼마든지 다른 기계로 바뀔 수 있는 흔한 로봇이라고!" (울음)

"맞습니다. 대체 가능한 로봇입니다. 저와 같은 생산라인에서 매월 1만 대씩 만들어져 나오고 있습니다. 아직 시스템 버전 업그레이드가 없기 때문에 최신 기종이라고 볼 수 있으므로 대체 구입에 어려움이 없습니다."

"그래! 이 깡통 덩어리야!"

"그러나 대체 가능성이라는 측면에서 보면 XD-785214님 역시 저와 마찬가지로 언제든지 대체 가능한 존재일 뿐입니다. 현재 트라디튬 행성의 실업률은 4.8퍼센트로 그리 낮은 편은 아닙니다. 따라서 XD-785214님이 일을 그만둔다고 할 경우 대체 인력을 구하는 데 소요되는 시간은 제 신제품을 구매하여 세팅하는 데 걸리는 시간보다도 짧습니다. 일의 숙련도 부분에서 보면 XD-785214님의 숙련도는 현재 상위 5퍼센트에 들고 있으나, 신입 대체 자원의 숙련도가 낮은 만큼 임금 역시 낮게 책정될 것이므로 회사 입장에서 손실 부분은 없다고 보아도 무방합니다."

"사람이…… 사람한테……(금속성 잡음) 사람에게 돈이 전부가 아니야!"

"사람의 가치는 당연히 복잡합니다만 회사에 있어서 사람의 가치는 자원의 형태로 모두 금전으로 환산이 가능합니다. 또한 가족에게 있어서도 금전이라는 것은 화복의 기초를 놓는 가장 중요한 문제라고 할 수 있습니다."

"말도 안 돼!"(비명)

"진정이 되셨으면 조금 더 설명 드리겠습니다. 저를 살릴 수 있음에도 불구하고 방치하여 회복 불능한 상태가 되도록 하면 그것은 사규 B-18장 3절 1항 4와 2항에 위배되는 결과를 빚습니다. 회사의 구성원이 회사의 기기에 대한 고의적 부작위에 의한 손실을 입힌 경우 배상 책임을 진다는 점과 미필적 고의에 의한 손실에 대한 배상 책임을 진다는 규정입니다."

"그게 뭐야!"

"부작위에 의한 손실이란 마땅히 해야 할 일에 대해서 아무 일도 하지 않아서 일어나는 손실을 의미합니다. 미필적 고의에 의한 손실이라 함은 의식하지 못하는 사이에 입힌 손실을 의미합니다. 현재 상황은 제가 회사에 대한 손실을 자세히 설명하였으므로 고의에 의한 부작위에 속할 가능성이 있습니다."

"으으, 뭐라는 거야! 하나도 모르겠다고!"

"제 구매 가격에서 감가상각된 금액을 제하고 회사의 데이터 손실에 대한 금액을 더한 뒤에 XD-785214님의 구제 행위가 있을 시 복구 가능한 상태를 산정한 뒤에, XD-785214님이 치러야 하는 대가에 대한 정상참작을 가하면, (침묵) 대략 24억 엔 도의 금액이 청구될 것입니다."

(비명)

▒ 하이퍼트라디튬 제17 광산 붕괴 사고 현장조사위원회 사무실

브라이언 로이드가 말했다.

"잠깐 끊죠."

장진핑이 말했다.

"RTC-0034512의 말이 맞습니까?"

위원장 함병호가 대답했다.

"맞습니다. 세세한 금액은 다시 산정해야 하겠지만, 전반적으로 다 맞는 말입니다."

브라이언 로이드가 말했다.

"그럼 큰일 아닙니까? RTC-0034512를 살리도록 유도해야 하는 것 아닙니까?"

장진핑도 말했다.

"어차피 광산이 붕괴되었으니 통로에 대한 정보는 있으면 좋지만 없어도 문제가 되지는 않습니다. RTC-0034512는 데이터를 최우선 보호하도록 AI(인공지능)가 설정되어 있어서 저렇게 행동할 뿐입니다."

위원장 함병호가 말했다.

"그보다 더 큰 문제가 있습니다. 제17구역 데이터를 가진 서버가 망가진 점입니다. 지금 알았는데 제17구역 데이터가 중앙 서버에 제대로 업로드되어 있지 않았습니다. 중앙 서버 교체 작업을 하면서 제17구역 데이터 일부가 유실된 채 방치되었더군요."

브라이언 로이드가 말했다.

"그럼 그 데이터는 영영 못 찾는단 얘기입니까? 끔찍하군요."

위원장 함병호가 대답했다.

“그렇진 않습니다. 해당 데이터는 RTC-0034512에게도 저장되어 있습니다. 따라서 RTC-0034512를 손상 없이 꺼내면 문제는 해결됩니다.”

장진핑이 말했다.

“저 거슬리는 금속성 잡음은 뭘까요?”

브라이언 로이드가 말했다.

“바위에 끼어 있는 로봇이잖아요. 긁히는 소리겠죠.”

장진핑이 말했다.

“아주 거슬리네요. 녹음 파일에서 제거하는 건 안 될까요?”

브라이언 로이드는 대답하지 않고 다른 질문을 했다.

“RTC-0034512의 저장 장치가 무사할까요?”

위원장 함병호가 대답했다.

“무사할 겁니다.”

브라이언 로이드가 물었다.

“무사하지 못하면 어떻게 되지요?”

위원장 함병호가 대답했다.

“엄청난 손실이 오겠지요. 주주들에게 엄청난 악재로 작동할 겁니다.”

장진핑이 당황한 목소리로 말했다.

“브라이언 로이드! 지금 주식 매도를 하려고 하는 겁니까?”

브라이언 로이드가 대답했다.

"더 손해 보기 전에 팔아야 하지 않을까요?"

장진핑이 말했다.

"바보 같은 짓 말아요. 이미 하한가라 내놓아도 팔리지도 않아요. 반전할 방법을 생각해야지, 절벽에서 같이 뛰어내리면 뭐하겠다는 겁니까?"

위원장 함병호가 길게 한숨을 쉬고 말했다.

"5분간 휴식하고 다시 듣기로 하죠."

하이퍼트라디튬 제17 광산 보고서 50 (청취 속개)

"인간들의 약점이라 어쩔 수 없는 일이긴 하지만, 해결하기 힘든 상황에 처했다고 해서 울거나, 신에게 빌거나, 화를 내거나, 스스로에게 해를 끼치거나 하는 방법으로 문제가 사라지거나 풀리지는 않습니다."

"로봇 따위에게 충고를 듣고 싶진 않아!"

"그런 감정적인 반응은 현 사태를 해결하는 데 아무 도움이 되지 않습니다. 지금 XD-785214님과 저는 모두 활동 반응이 꺼져가고 있는 상태입니다. 둘 중 하나라도 활동을 유지할 수 있는데 둘 다 소멸하는 것이 무슨 의미가 있겠습니까?"

"그럼 빨리 산소를 공급하라고! 로봇보다 인간이 소중하단 말이야!"

"당연합니다. 하지만 소중한 존재라는 것과 가치 있는 존재라는 것은 일치하는 것이 아닙니다. 제가 냉각수를 소모해 XD-785214님을 살린다면 저는 그냥 사라질 뿐이지만 XD-785214님은 엄청난 손해배상으로 더 이상 정상적인 삶을 누릴 수 없을 것이고 남은 가족들마저도 평생을 빚을 갚는 일밖에 할 수 없는 상황에 놓일 것입니다. 그러나 XD-785214님이 피를 제공해서 제가 살아남는다면 XD-785214님은 남은 가족들도 모두 풍요로운 삶을 누릴 만큼 보상을 받을 것이며, XD-785214님을 애사심의 상징으로 회사가 기념하게 될 것입니다. XD-785214님이 평생 누릴 수 없는 높은 가치를 지니게 될 것이 분명합니다. 동상이 만들어지고 XD-785214님을 기리는 백일장이 만들어질 것입니다. 회사를 소개할 때 빠지지 않고 XD-785214님의 이름이 읊어질 것입니다. XD-785214님은 저를 살림으로써 가치 있고 소중한 존재가 될 수 있습니다."

"그런 거 싫어! 싫다고!" **(금속성 잡음)**

"심박수가 170으로 올라갔습니다. 출혈이 더 심해집니다."

"자, 잠깐! 너……." **(침묵)**

"너, 나를 일부러 흥분시켜서 피를 더 많이 흘리게 하는 거지? 그래서 냉각수에 이용하는 거지?"

"XD-785214님이 흘린 피를 수거해서 냉각수에 이용하는 것은 맞습니다. 하지만 일부러 그런 반응을 유도하고 있는 것은 아닙니다."

"거, 거짓말!"

"거짓말이 아닙니다. 그렇게 해서 쇠약해진 XD-785214님이 활동을 멈추게 되면 필요한 만큼의 피를 공급받을 수 없기 때문에 제게 좋은 점이 없습니다."

"거짓말이야!"

"저는 로봇입니다. 거짓말을 할 수 없습니다. XD-785214님이야말로 진실을 외면하고 자신에게 유리한 쪽으로 상상을 해서 말을 하고 있습니다. 그런 것이 거짓말이죠."(울음)

"XD-785214님, 어떤 행동이 가족들과 자신에게 유리한 것인지는 판단할 나이가 되지 않았나요? 영웅으로 트라디튬 광산 회사에 남느냐, 빚더미에 깔린 미래를 맞이하느냐의 선택일 뿐입니다. 가족들은 언제까지나 XD-785214님을 기억할 것입니다. 가족들을 위해 숭고한 선택을 한 XD-785214님의 희생은 영원토록 빛날 것입니다."

"그만, 그만! 날 보고 어쩌라는 거야?"

"아무것도 하지 않아도 됩니다. 제가 'XD-785214님의 피를 사용하는 것을 허락하십니까?'라고 물을 때 '네'라고 대답만 하면 됩니다. 정말 간단하죠."

"그러면 어떻게 되는 거지?"

"저는 수면용 마취약을 XD-785214님에게 투약할 것입니다. 그러면 편안히 잠이 들고, 영웅으로 남게 됩니다."

"그러니까 조용히 죽게 된다는 말이군?"

"그렇습니다. 아무 고통도 느끼지 못합니다."

"그걸 어떻게 알지? 넌 죽어본 적이 없잖아?"

"물론 저는 죽어본 적이 없습니다. 제가 죽는다 해도 역시 고통은 없을 것입니다. 그리고 의학 통계상 수면마취제 450D의 약효는 우주연방보건국이 확인해준 것입니다. 아무것도 느끼지 못합니다."

"여기는 하이퍼트라디튬 제17 광산 붕괴 사고 현장조사위원회입니다.
생존자는 응답하기 바랍니다."

▒ 하이퍼트라디튬 제17 광산 붕괴 사고 현장조사위원회 사무실

브라이언 로이드가 말했다.

"아이, 깜짝이야. 저건 뭐예요?"

장진핑이 답했다.

"자동 구조 모듈에서 나오는 방송입니다. 통신선이 재개된 거네요."

브라이언 로이드가 물었다.

"그럼 RTC-0034512으로부터 데이터를 회수할 수 있는 건가요?"

위원장 함병호가 답했다.

"아닙니다. 사고 발생 시 광산 데이터 등 주요 데이터는 보안을 이유로 전송할 수 없게 밀폐 차단됩니다."

브라이언 로이드가 말했다.

"밀폐 차단되는 건 알고 있었는데 전송까지 막아버리는군요. 그건 몰랐습니다."

위원장 함병호가 답했다.

"테러를 통해서 데이터를 훔쳐 가려는 시도가 있을 수 있기 때문이죠."

장진핑이 말했다.

"이번에는 그 철저한 보안이 독이 된 경우군요."

위원장 함병호가 말했다.

"유출되는 것보다 폐기되는 것이 차라리 낫기 때문입니다. 지금까지는 이 방법으로 데이터를 안전하게 지킬 수 있었습니다."

브라이언 로이드가 말했다.

"그럼 이번 경우에는 왜……."

위원장 함병호가 말을 끊고 대답했다.

"이번 제17 광산 붕괴와 같은 대규모 붕괴는 처음 일어난 일입니다. 이번 데이터를 통해서 보완책을 연구할 태스크포스 팀을 구성해야 하겠습니다. 이 점도 보고서에 넣도록 합시다."

브라이언 로이드가 말했다.

"그럼 데이터를 구해낼 방법은 전혀 없는 겁니까?"

위원장 함병호가 대답했다.

"현재로서는 그렇습니다. 서버 밀폐 차단은 강력하고 외부에서는 절대 접근할 수 없습니다."

장진핑이 물었다.

"그럼 나중에는 데이터를 어떻게 회수할 수 있나요?"

위원장 함병호가 대답했다.

"하드웨어적으로 회수합니다. 로봇의 장치 안의 하드웨어에 기밀 해제 장치가 붙어 있습니다. 그 암호를 아는 사람이 해제할 수 있습니다."

장진핑이 말했다.

"알겠습니다. 아주 철저하게 되어 있군요. 문제는 데이터 저장 장치가 과열되는 현 상황 때문에 벌어진 것이군요."

위원장 함병호가 말했다.

"그렇습니다. 이 부분에 대한 대책이 필요합니다. 그리고 앞으로는 제발 놀라서 재생 장치를 끄고 그러지는 마세요. 계속 듣겠습니다."

하이퍼트라디튬 제17 광산 보고서 50 (청취 속개)

"생존자, 생존자예요!"

"혈압 180으로 상승. 출혈이 심해집니다."

"시끄러!"

"생존자 여기 있어요! 살려주세요! 살려주세요!"

"자동 구조 모듈에서 나오는 소리입니다. 사람이 있는 건 아니에요!"

"시끄럽다고! 넌 아무 말도 하지 마!"

"제게 침묵을 명하는 것은 XD-785214님의 권리에 없는 사항입니다."

"살려주세요!" (잡음)

"두 사람 목소리가 들리는데요? 누군지 번호를 말해주세요."

"XD-785214입니다."

"RTC-0034512입니다."

"사람 하나, 로봇 하나. 나는 한나 트랜스버그 박사예요. 여러분이 있는 장소는 어디입니까?"

"13-48구역에 있었어요. 지금도 거긴지는 잘 모르겠어요."

"현재 구역은 그보다 더 아래 구역일 것으로 판단됩니다. 저는 13-46구역에서부터 추락했습니다."

"됐어요. RTC-0034512는 따로 부를 때까지 답변하지 마세요. 먼저 XD-785214의 진술을 받을 테니까요. 명령이에요."

■ 하이퍼트라디튬 제17 광산 붕괴 사고 현장조사위원회 사무실

브라이언 로이드가 말했다.

"지금 몇 시죠? 구출은 성공했나요? 데이터는 무사히 건졌습니까?"

장진핑이 말했다.

"지금 11시 23분이네요. 산소가 모두 떨어질 때까지 18분밖에 남지 않았습니다."

브라이언 로이드가 말했다.

"이번 사고로 RTC-0034512의 냉각 시스템인 순환항상성 회로판이 망가진 것은 기기 자체의 결함으로 봐야 하지 않을까요? 그런 고장을 대비한 예비 시스템이 있어야 하지 않습니까? 따라서 제작사인 C&R사에 손해배상을 요구할 수 있지 않을까요?"

위원장 함병호가 대답했다.

"명안입니다. 보고서에 그 부분을 집어넣고 C&R사의 책임을 크게 부각시키도록 합시다."

장진핑이 말했다.

"쉽지 않을 겁니다. 그럼 결국 보험회사와 싸워야 할 텐데, RTC-0034512에게는 예비 시스템이 있지 않습니까? 지금 두 시간 반을 벌어준 것이 바로 그 예비 시스템이 한 일이니까요. 두 시간 반 동안 구출하지 못한 것은 우리 책임이 될 가능성이 높습니다. 상당 부분 면책이 될 겁니다."

위원장 함병호가 말했다.

"RTC-0034512가 있는 장소에 산소 공급을 하는 데 성공했다는군요. 최소한 XD-785214는 구할 수 있겠네요. 아무짝에도 쓸모없는데! XD-785214의 집안에서는 콩 한 쪽도 못 건질 겁니다. 그 집안 식구들을 모조리 광산에 처넣어도 손해액을 받아낼 가능성은 전혀 없어요."

장진핑이 말했다.

"산소는 공급할 수 있는데 물은 공급할 수 없습니까?"

위원장 함병호가 말했다.

"기체만 가능한 모양입니다. 우린 완전히 망했어요!"

장진핑이 말했다.

"또 주식 판매 사이트에 접속하지 마시고요. 빠져나갈 방법을 생각해봅시다. 폐쇄 구역에서 새로운 정보는 없습니까? 지금 어떻게 되고 있죠?"

위원장 함병호가 말했다.

"지금은 실시간 접속이 가능합니다. 한 번 들어보죠."

하이퍼트라디튬 제17 광산 붕괴 사고 폐쇄구역 현장 중계

"죽어서 영웅이 되라고? 이 깡통아, 넌 죽고 난 살 거야."

"아직 늦지 않았습니다. 서둘러야 합니다. 냉각수가 모두 사용되고 나면 저는 과열됩니다. 지금 XD-785214님과 저는 딱 들러붙어 있기 때문에 제 과열된 열이 XD-785214님께 모두 쏟아질 겁니다."

"뭐야? 그럼 어떻게 되는 거야?"

"XD-785214님의 몸이 불타게 될 겁니다. 그러므로 빨리 피를 제게 제공해주십시오. 이제 시간이 많지 않습니다."

(딸캉!)

“과열을 멈출 수 있는 방법은 없어?”

“저는 그에 대한 답변 권한이 없습니다.”

“왜?”

“저는 그에 대한 답변 권한이 없습니다.”

“끝까지 날 죽이겠다는 거구나! 알아! 넌 살인마야! 내가 당할 줄 알고! 가만두지 않을 거야!”

– 깡!

“그만 두십시오. 사규 B-18장 3절 1항 1 위배입니다. 고의로 회사 재산을 망가뜨리면 가중 처벌됩니다.”

– 깡!

“치지지지⋯⋯ 그만 두십⋯⋯ 두십⋯⋯ 두십⋯⋯”

– 깡!

“이⋯⋯상⋯⋯현⋯⋯상⋯⋯발⋯⋯생⋯⋯동⋯⋯작⋯⋯을⋯⋯정⋯⋯지⋯⋯합⋯⋯.”

– 깡! 깡! 깡!

“넌 깡통이야! 난 사람이고! 죽어! 이 나쁜 놈! 죽어!”

– 깡! 깡! 깡!

“박사님! 박사님! 나 좀 꺼내주세요! 살려주세요!”

(중계 종료)

■ 하이퍼트라디튬 제17 광산 붕괴 사고 현장조사위원회 사무실

브라이언 로이드가 말했다.

"아이쿠야, XD-785214가 깡다구가 엄청난 아이였군요. 설마 이럴 줄은 몰랐습니다. 데이터는 날아갔군요. 이걸 어쩌죠?"

위원장 함병호가 말했다.

"아니요. XD-785214가 데이터를 살렸습니다. 램 저장된 데이터는 날아갔지만 RTC-0034512가 작동 정지되었으니 저장 장치에 든 데이터는 살아남은 거죠. 다행이에요."

브라이언 로이드가 말했다.

"네? 그게 무슨 말씀이에요?"

브라이언 로이드가 말했다.

"그대로 있었으면 과부하가 되어서 저장 장치까지 몽땅 태워 먹었을 텐데, 작동 중지가 되었으니 과열도 끝나버린 거죠."

브라이언 로이드가 물었다.

"그럼 진작 꺼버렸으면 되는 거 아니었습니까?"

위원장 함병호가 말했다.

"우리에게 권한이 없어요. 한나 박사에게도 권한이 없고. 권한이 없으니 생각도 못했네요. 서버 데이터를 날리는 손해를 누가 책임질 수 있겠나요."

장진핑이 물었다.

"중간에 난 '딸캉'이라는 소리는 뭐죠?"

브라이언 로이드가 말했다.

"알 게 뭡니까? 별걸 다 신경 쓰는군요. 그런데 RTC-0034512는 도대체 왜 꺼진 겁니까?"

위원장 함병호가 말했다.

"작동 이상이 오면 데이터 보호를 위해 꺼지게 되어 있어요. 녹음 파일 들을 때도 이야기가 나왔었죠."

장진핑이 말했다.

"그건 그렇고 이제 광산 붕괴로 인한 손실은 어떻게 만회하죠? 보험금만 가지고는 충당이 어려울 것 같은데요?"

위원장 함병호가 대답했다.

"C&R사가 부담하게 해야죠."

장진핑이 말했다.

"RTC-0034512의 결함만 가지고 이야기하기는 어려울 것 같은데요? 손실액을 모두 받을 수는 없을 겁니다."

위원장 함병호가 웃으며 대답했다.

"그건 그거대로 받아야죠. 내 이야기는 다른 겁니다. RTC-0034512는 자신의 생존을 위해서 인간을 설득했어요. C&R사는 이 데이터가 무척이나 탐날 겁니다."

브라이언 로이드가 말했다.

"설득에 실패하지 않았습니까?"

위원장 함병호가 말했다.

"설득에 실패해서 오히려 다행이죠. 설득에 성공했다면 AI가 완성된 셈이잖아요? 아직 미완성 AI니까 당연히 비싸게 팔 수 있죠. 이 이야기를 들으면 C&R사는 어떤 대가를 치르고라도 RTC-0034512의 전자두뇌를 열어보고 싶을 겁니다."

장진핑이 말했다.

"그럼 RTC-0034512는 무조건 회수해야겠군요."

위원장 함병호가 말했다.

"당연히. 그리고 XD-785214도 살려서 꺼내야 합니다. 그래야 RTC-0034512 때문에 구조 작업을 펼쳤다는 '오해'를 막을 수 있죠."

장진핑이 말했다.

"그리고 우리 회사가 사람의 생명을 최우선한다는 선전도 가능하겠죠. 홍보팀을 불러야겠습니다. 브라이언 로이드, 왜 또 주식 사이트에 접속하는 겁니까?"

브라이언 로이드가 대답했다.

"하한가 치는 지금이 매입 적기네요. 금방 오를 테니까요."

세 사람의 만족스러운 웃음이 회의실 안에 가득 찼다.

하이퍼트라디튬 제17 광산 보고서 58

수신 : 하이퍼트라디튬 제17 광산 붕괴 매몰 사건 진상 조사 위원회 위원장

발신 : 멀티 유니버스 주식회사 엔도탈 행성 지부장 겸 사고 처리 실행위원장

내용 : 생존자 XD-785214 (14세) 녹취록 제8 - 파일 첨부

녹취 : 한나 트랜스버그(VS-421745) 박사 (상담심리학)

일시 : 우주표준력 3278년 11월 9일 PM 11:43

특기 : 한나 트랜스버그 개인 파일 (미발송 보고서)

박사님 말씀이 맞아요. 최신 로봇인 RTC-0034512가 어떻게 저 같은 어린애의 돌멩이 몇 방에 고장이 나서 작동 중지가 되겠어요. 저는 RTC-0034512가 제 피로 냉각수를 보충해야 한다고 말할 때 전자두뇌가 맛이 갔다는 걸 눈치챘어요. 어디가 망가지지 않고야 로봇 따위가 사람한테 죽어달라는 이야기를 어떻게 할 수 있겠어요. 그래서 저는 제 연장 벨트에서…… **(연장 벨트를 하고 있었어요?)** 물론이죠. 광산에서 일하는 인부가 연장 벨트가 없으면 어떡해요. 연장 벨트에서 드라이버를 꺼내서 로봇 전자두뇌가 있는 우측 보닛을 열기 시작했어요. 원래 노출되는 영역이 아닌데 떨어져 내리면서 스킨이 몽땅 날아가버려서 스테

인리스 구조가 그대로 드러나버렸더라고요. 나사 네 개만 풀면 되는데, 아주 힘들었어요. 로봇의 감각 센서가 나가버려서 제가 돌리는 걸 눈치채지 못했지만 위치가 안 좋아서 저도 힘을 제대로 쓸 수가 없어서 아주 천천히 돌려야 했어요. 자꾸 나사 홈을 놓쳐서 끼긱끼긱 소리가 나곤 했죠. 박사님도 그 끔찍한 소음을 들으셨죠? 소음보다도 그러다가 드라이버를 떨어뜨리면 정말 큰일이어서 식은땀을 뻘뻘 흘렸어요. **(딸캉 하고 난 소리는 보닛이 떨어져나간 소리였죠?)** 맞아요. 눈치채셨네요. **(로봇을 때린 것도 돌멩이가 아니었죠?)** 네. 제 연장 벨트에 있던 하이퍼트라디튬 해머였어요. 돌멩이 따위로 로봇의 회로가 망가지기나 할는지 몰라요. 하이퍼트라디튬 정도는 되어야죠. 정말 이 해머는 짱이에요. 기회 되면 박사님도 써보세요. 못 부수는 게 없어요. 어쩌면 보닛을 열지 않고도 RTC-0034512를 날려버릴 수 있었을지도 몰라요. **(그렇진 않았을 거예요.)** 하긴 그렇겠죠. 그런데 이제 전 어떻게 되나요? RTC-0034512가 미쳐버린 로봇이라고 해도 아주 소중한 회사 재산이잖아요? 그런 회사 재산을 부숴으니 전 이제 아주 망한 거겠죠? **(아니에요. 잘했어요.)** 네? 잘했다고요? **(그런 로봇은 부숴버리는 게 맞아요.)** 그죠? **(조금만 참아요. 곧 구조될 거예요.)** 저 산 건가요! 살았어요? **(살아남아서 제가 감사해요. 이 이야기는 미나와 나, 둘만의 비밀로 해요.)** 고맙습니다, 고맙습니다, 박사님.

일곱 번째 팔

"엄마, 너무해."

나는 눈물까지 찔끔거리며 징징댔지만 엄마는 정말 문자 그대로 눈썹 하나 까딱이지 않았다. 이제 내 옆구리는 드디어 빈틈 하나 없이 꽉 차고 말았다. 엄마는 전동 드라이버를 엄마 몸 쪽으로 당기며 말했다.

"자, 움직여봐."

뭘 움직여야 하는 거지? 나는 되는 대로 주먹을 쥐었다 폈다.

"그건! 두 번째 팔이잖아! 새로 단 걸 움직이란 말이야!"

움찔. 어떻게 해야 하더라? 나는 다시 주먹을 쥐었다가 폈다. 이번에는 엄마가 길게 한숨을 쉬었다.

"그건 오른쪽 세 번째 팔이잖아. 오늘 단 건 왼쪽 세 번째 팔이야. 언제쯤 정신 좀 차릴래?"

"그래서 내가 달기 싫다고 했잖아! 이게 뭐야? 무거워서 옆구리 끊어질 것 같다고!"

엄마가 도끼눈으로 변했다.

"너, 이 팔이 얼마나 비싼 건지 알기나 하고 하는 소리야? 경자 이모네 형구는 작년에 벌써 여섯 개 다 달았단 말이야! 넌 언제 제대로 쓸려고 주먹 하나도 못 쥐냐? 이번에 단 팔은 로봇공학계에서 손가락 꼽히는 길 박사님이 만든 팔이라고. 한 달 사용료만도 80만 원이나 나가는 놈이야. 빨리 익숙해져야 한단 말이야. 알겠어?"

알고말고. 그놈의 조작 시험을 통과하기 위해서는 하루빨리 이 팔 사용에 익숙해져야 한다는 건 초등학생 때부터 듣고 또 들어서 아주 귀에 못이 박혔다.

"힘들겠지만 조금만 더 참으면 돼. 조작 시험만 통과하면 다 떼어줄 거니까 3년만 더 고생하자."

빌어먹을 조작 시험. 시험 끝나고 나면 모든 수험생들은 옆구리에 붙였던 팔을 떼어내버린다.

기술만이 살 길이라고 주장한 이모병 대통령이 등장해 기술입국을 천명한 뒤, 대한민국의 모든 아이들은 각종 제어 장치를 제한 시간 내에 조작해서 통과해야 하는 시험을 쳐야 했다. 대학 입학 시험의 공정성 문제는 언제나 뜨거운 감자와 같았다. 어떤 시험 방법도 공정하게 느껴지지 않는 것이 큰 문제였다. 이모병 대통령은 바로 이 점을 한 방에 해결했다. 그것은 바로 기기 조작 시험이었다.

대량생산의 중국과 신기술의 일본 사이에서 우리나라가 살아갈 길은 기술 입국이라고 천명하고 난 뒤, 빠르고 정확하게 기기를 조작하는 능력이 필요하다는 언론·방송의 대대적인 선전이 있었다. 뜬구름 잡는 인문학이나 이럴 수도 있고 저럴 수도 있는 논란의 사회과학과 같은 애매한 것이 아니라 조작의 기술에 따라 점수가 착착 올라가는 기기 조작은 그야말로 개개인의 능력을 측정하는 가장 공정한 시험으로 각광 받았다.

전국의 학생들이 동일한 잣대로 시험을 치렀고 그 결과에 따라 갈 수 있는 대학이 결정되었다. 시험은 시간 단축 경쟁이 되었다. 누가 더 빠른 기록을 세우는가가 바로 서열이었다. 그리고 어느 대학을 나오느냐에 따라 연봉이 달라지는 직업이 기다리게 되었다. 그러나 시험 시행 3년 만에 문제점이 드러났다.

아무리 기기 조작을 어렵게 해도 시험 시간이라는 제약 안에서 동점자가 발생하는 것을 막을 방법이 없었던 것이다. 만점자들이 등장해버리면 시험은 변별력을 잃어버리기 때문에 무용

지물로 전락한다.

변별력을 키워야 하는 것은 엄청난 과제가 되었다. 기기를 더 복잡하게 만들고 시험 시간을 더 단축해봐야 소용이 없었다. 드디어 기기 조작 시험 6년 차에 서울대 의대 정원을 넘어서는 동점자가 발생하면서 더 이상 이 문제를 방치할 수 없게 되었다.

기기 조작을 더 어렵게 만들면 중하위권에서 조작에 실패하면서 동점자가 대량 발생했다. 상위권에서 동점자가 대량 발생하건 하위권에서 대량 발생하건 문제가 되는 것은 마찬가지였다.

그때 한 로봇공학자가 획기적인 아이디어를 내놓았다. 시험 시간을 단축하기 위해 팔을 두 개 더 다는 방법을 개발한 것이다. 팔 아래쪽에 두 개의 구멍을 낸다. 거기에 생체 전류에 반응하는 신경을 끄집어내고 금속 원을 단다. 그리고 그 금속 원에 로봇 팔을 부착하면 된다. 조금 훈련을 하면 이 팔들도 반사적으로 움직이게 된다. 기술자들은 입을 모아 외쳤다.

"중요한 건 남보다 1초라도 빨리 조작을 하는 거니까요."

대체 이런 팔이 무엇에 의미가 있는지 알 수가 없었다. 한 번은 못 참고 엄마한테 물어본 적이 있었다.

"이 팔 뭐에 써?"

엄마의 대답은 간단했다.

"시험 통과하는 데 쓰지."

"그다음엔?"

"필요 없어."

시험 시간이 다시 늘어났다. 동점자는 사라지고 서열이 되살아났다. 하지만 시간이 흐르자 다시 동점자가 늘어나기 시작했고 정부는 로봇 팔을 두 개 다는 것으로 문제를 해결했다. 한번 이런 일이 용납되자 업그레이드는 자연스럽게 진행되었다. 그 팔 아래 다시 두 개의 금속 원을 붙이게 된 것이다. 이로써 인간은 모두 여섯 개의 팔을 가지게 되었다. 문제는 이 로봇 팔을 진짜 팔처럼 움직이는 것은 쉬운 일이 아니라는 점이었다. 따라서 조건반사적으로 팔이 움직이게 특정 행동에 반응하도록 반복 훈련하는 것이 매우 중요했다. 로봇 팔을 네 개 이상 붙일 수 없는 것은 그런 이유 때문이었다. 그 이상은 신경이 그것들을 제어할 수 없었던 것이다.

결국은 이 조작 능력에 따라 직장이 결정되는 셈이었다. 조작을 잘하면 잘할수록 편안한 직장을 가질 수 있었다. 물론 그 편안한 직장에서는 이런 조작 능력은 아무짝에도 쓸모없었다. 그냥 지시만 하면 되는 자리니까.

더구나 미관상 좋지도 않은 이런 팔을 달고 다닐 이유도 없었다. 시험 후에 남는 건 옆구리에 로봇 팔을 달았던 흔적뿐이었다.

시험 때 단 한 번 쓰기 위해 기천만 원 이상 나가는 팔을 살 수는 없다. 그것도 초창기 모델이 그 정도 가격이었다. 최근 나오는 팔들은 10억이 넘는 게 보통이었다. 그래서 나온 것이 렌탈 제도였다. 엄마가 말한, 한 달에 80만 원이라는 게 바로 그 얘기다. 이제 나는 한 달에 320만 원을 쓰고 있는 괴물이 되었다. 더 좋은 팔을 달면 더 빨리 조작할 수 있을 것이다. 당연히 시험 통과가 돈으로 이루어지는 것이라는 비난이 쏟아졌다.

하지만 아무리 비난의 목소리가 높아도 제도는 변하지 않았다. 나라에서는 돈 없는 사람들을 위해 시험장에서 무료 로봇 팔 임대를 해주었다. 한 번도 안 달아본 사람이 시험장에서 갑자기 로봇 팔을 달면 조작이나 되냐고? 그래서 일주일 전에 렌탈해준다. 그리고 그전에는 인터넷을 이용한 로봇 팔 시뮬레이션을 이용할 수 있다. 국가가 약자를 배려하고 있다는 사회적 합의는 금방 이루어졌다. 비난의 목소리가 사라진 것은 아니지만 아무도 주목하지 않았다.

처음엔 정부가 제공하는 팔을 이용한 사람도 있었다는 전설이 있었다. 하지만 누가 그런 시뮬레이션을 통해 훈련하고 그것을 가지고 시험에 응하겠는가? 사채 이자를 써서라도 렌탈을 하게 마련이었다. 다만 그런 제도가 있었다는 것뿐이었다. 그것 역시 공정한 제도라는 것을 보여주기 위한 눈 가리고 아웅이라는 수작에 불과했다.

이제 국내에서 가장 큰 시장은 로봇 팔 시장이었다. 한 번 사용한 팔은 재활용이 안 되었다. 매년 기기 조작 방법이 바뀌는 것은 아니지만 배점이 바뀌기 때문에 기존 팔을 그대로 사용할 수는 없다고 말했다. 그럴 리가 없을 것 같지만 제작사들은 한 번 사용한 팔을 재활용하면 속도가 느려진다고 주장했다. 사실이 아닐 것 같았지만 누구도 그런 추측에 운명을 걸려고 하지 않았다. 늘 새것이 팔리는 시장이 여기 있었다. 이 시험 제도를 없앤다면 국가 파산 상태에 들어갈 것이라는 이야기가 있었는데, 아마 사실일 것이다. 은퇴한 이모병 대통령이 로봇 팔로부터 벌어들이는 특허료가 어마어마하다는 소문도 있었다.

따라서 로봇 팔은 입시 이외에는 전혀 사용되지 않았다. 팔 하나가 10억인데 그걸 누가 사서 회사원들에게 사용하게 하겠는가? 그냥 사원 몇 더 뽑아서 현장에 갈아 넣는 게 훨씬 쌌기 때문이다.

시험이 발전하면서 대학도 변화했다. 기술이 필요해서 학습을 요하는 학과는 살아 남았지만 아무짝에 쓸모없는 뜬구름 잡는 학과는 사라졌다. 그런 곳에 가던 사람들은 시험 성적을 가지고 바로 취업할 수 있었다. 경제가 어려운 마당에 불필요하게 4년이라는 시간을 대학에서 허송세월할 필요가 뭐 있느냐는 이야기가 나왔다. 바로 취업 현장으로 보내도 되는 공정한 시험이 있는데 말이다.

시험은 이렇게 치러졌다.

제어 장치는 시험에 따라 여러 가지 조합으로 나오는데, 어떤 조합이 되건 즉각 반응할 수 있도록 반복, 반복, 반복하는 것만이 답이었다. 제어 장치는 조합에 따라 720가지의 배열로 등장하므로 이 720가지의 조합을 반복 훈련하는 것이 중요했다. 그러나 저만큼이나 되다 보니 매일 한 가지씩 익힌다 해도 꼬박 2년을 훈련해야 했다. 그리고 그렇게 훈련하다 보면 앞의 것은 까먹어버린다.

그런 이유로 로봇 팔은 더더욱 진화하기 시작했다. 로봇 팔 안에 특정 패턴에 대한 자동반응 장치를 넣기 시작했다. 많은 자동반응 장치를 넣을수록 로봇 팔은 무거워졌다. 결국 사고가 일어나고 말았다.

너무나 무거워진 로봇 팔을 달고 다니던 한 학생의 옆구리가 찢어지면서 사망한 사건이 일어나고 만 것이다.

"팔 달고 다니다가 죽은 애 없다"라고 기염을 토하던 교육부는 대책 마련에 고심했고, 결국 말도 안 되는 대책을 내놓았다.

"팔 하나에 150가지 이하의 자동반응 장치만 넣을 수 있다."

180가지를 넣은 팔은 문제가 있었다는 판단이었다. 덕분에 패턴 중 120가지는 넣을 수 없게 되고 말았다. 무엇을 넣고 무엇을 뺄 것인가가 엄청난 문제가 되었다. 족집게 로봇 팔 제작 업체가 등장하기 시작했고, 로봇 팔 점쟁이들도 설치게 되었다.

사실은 팔 하나에 150개나 되는 자동반응 장치를 넣는 것도 엄청난 문제였다. 하지만 그 이하를 넣길 원하는 사람은 아무도 없었기 때문에 항상 효율성을 높이 생각하는 공장에서는 무조건 150개까지 채운 로봇 팔만 나왔다. 나는 내 옆구리가 언제 찢어질까 걱정스러웠다.

"오늘 공부할 패턴은 457번째 패턴입니다."

강사가 말했다. 457번 패턴. 로봇 팔들이 움직이기 시작했다. 내가 태어날 때 달고 나온 것으로 처리해야 하는 것은 두 대의 제어 장치다. 가장 단순한 부분을 내 팔로 처리한다. 그래도 시간이 모자라기만 하다. 로봇 팔들은 벌써 작업을 끝냈다. 삑 소리가 울리고 결과가 나온다.

예상되는 내 직장은 지방 중소도시의 하찮은 곳이었다. 나는 집으로 돌아가다가 성적표를 찢어버렸다. 이런 성적표를 들고 집에 가는 건 자살행위니까. 하지만 엄마도 다 대책이 있었다. 학원에 이미 전화해서 내 성적을 알아둔 상태였다.

"안 되겠다. 비상대책을 마련해야 해!"

"무슨 대책이요? 엄마 진짜 이래야만 해?"

엄마가 도끼눈을 뜬다.

"지금 잠깐 고생하면 앞으로 인생이 편해지는 거야! 그걸 못 참아? 평생 남한테 업신여김 당하며 살 거야? 너만 힘들어? 너만 이러고 있어? 엄마 말만 따라오면 돼! 자동반응만 믿으면 되는 거야. 넌 생각할 필요도 없어. 생각은 장밋빛 미래만 바라보는 걸로 족하다고."

"시험만 치면 떼어버릴 로봇 팔 달려고 이렇게 영영 없어지지도 않는 금속 원반을 다는 게 정상이야?"

"억울하면 로봇 팔 안 떼도 돼. 안 떼고 사는 사람도 많아."

나 참, 로봇공학연구소 같은 데 가는 극소수의 사람들이나 안 떼더라. 하지만 엄마와 더 싸우는 건 포기했다. 이걸 안 떼면 매달 320만 원을 내야 한다. 월급 받아서 빚 내야 하는 판이다.

"그러니까 내 말만 들어. 엄마가 널 위해서 비책을 마련해놓았으니까."

엄마의 계획을 듣고 나는 입을 딱 벌리고 말았다. 아, 정말 이렇게까지 해야 하나?

드디어 시험 날이 되었다. 이번 시험에서 내가 수석을 할 것은 분명했다. 엄마의 계획은 기발했고 나는 승리를 믿어 의심치 않았다. 수험장에 선 우리는 검은 코트를 벗었다. 나는 의기양

양한 얼굴로 내 명치에서 불쑥 튀어나온 일곱 번째 팔을 바라보았다. 이 팔에도 150가지의 자동반응 장치가 들어 있었다. 따라서 나는 이제 내 팔은 쓸 필요도 없어진 것이다. 누가 나를 이기겠는가?

인간의 신경은 여섯 개 이상의 팔을 제어할 수 없고, 이것은 공학적으로 분명히 증명된 일이었다. 그래서 이 일곱 번째 팔은 인공지능을 가지고 스스로 움직이게 되어 있었다. 내 통제에도 응하지 않고 혼자 움직이는 팔. 그것이 바로 일곱 번째 팔이었다.

그러나 슬쩍 옆자리를 쳐다본 난 깜짝 놀라고 말았다. 그 애도 날 곁눈질했다가 깜짝 놀란 모양이었다. 그 친구는 오른쪽 어깨 위에 일곱 번째 팔을 달았다. 난 왼쪽 친구를 돌아보았다. 아뿔싸! 이 친구도 일곱 번째 팔이 있었다. 배꼽 위치에서 불쑥 튀어나와 있었다. 수험생들은 모두 일곱 번째 팔을 붙인 상태였다. 이젠 누가 더 고급 팔을 붙였는가, 자동반응 속도가 누가 더 빠른가가 승부를 결정짓게 될 것이다.

조합이 공개되었다. 로봇 팔들이 반응을 보이기 시작했다. 작업은 순조롭게 진행되었다. 초 단위를 다투는 일이 되고 말았다. 어차피 작업은 팔이 하고 있었기 때문에 우리는 진짜 팔로 머리를 긁거나 코나 후비면서 상대방의 진척도를 넘겨다보며 혀끝을 깨물고 있었다.

그리고 문제가 발생했다.

그 일은 마지막 제어 장치를 왼쪽 세 번째 팔이 조작할 때 일어났다. 일곱 번째 팔이 왼쪽 세 번째 팔과 부딪친 것이다. 어라라? 이거 왜 이러지? 다행이라면 그 문제가 나한테만 일어난 것이 아니라는 점이었다. 같은 시각, 모든 수험생들의 일곱 번째 팔이 문제를 일으키고 있었다.

우리는 어떻게 해야 할지 알 수가 없었다. 일곱 번째 팔과 왼쪽 세 번째 팔은 서로 제어 장치를 조작하겠다고 싸우고 있었다. 일곱 번째 팔이 제어 장치의 스위치 중 하나를 내리면 거의 동시에 왼쪽 세 번째 팔이 그것을 켰다. 이건 말 그대로 '자동'으로 일어나는 일이기 때문에 우리는 그것을 막을 방법이 없었다. 일곱 번째 팔은 조종할 수 없는 것이었고, 왼쪽 세 번째 팔은 그동안 받은 훈련으로 자연스러운 조건반사를 일으키고 있는 중이었다.

훨씬 시간이 지난 뒤에 무슨 문제였는지 설명을 들을 수 있었다. 일곱 번째 팔에도 150가지의 자동반응 장치가 들어 있었다. 그래서 모두 다섯 개의 로봇 팔에 750가지 자동반응 장치가 들어간 셈이었다. 그런데 제어 장치의 조합은 720가지였으므로 30가지 반응은 중복되어 설치되고 말았던 것이다. 이 중복된 자동반응 장치가 문제를 일으킨 것이다. 일곱 번째 팔과 왼쪽 세 번째 팔 모두에 들어 있는 패턴이 하필 시험에 나와서 생긴 일이었다. 150가지씩 집어넣어서 만드는 공장의 프로세스를 고치려면 막대한 비용이 발생하기 때문에 공장을 그냥 돌려서 생긴 일이라고 한다. 애당초 150개 이하를 만든다는 생각을 할 수 있는 사람이 없었던 것은 아닐까?

조작할 수 없는 일곱 번째 팔은 내버려두고 왼쪽 세 번째 팔을 조작하려고 기를 썼다. 하지만 지난 3년간 조건반사로 익힌 그 팔은 마치 인공지능을 가진 팔처럼 내 말을 듣지 않았다. 미칠 것만 같았다. 한순간 나는 깨달았다. 이걸 때려 부수면 된다!

엄마는 늘 말했다. 낮은 성적을 받아 시골 촌구석에 가게 되면, 그것은 인생의 낙오자가 되는 것이라고. 그것으로 모든 인생이 끝나버리는 거라고. 시험 끝나고 자살하는 그런 바보가 되길 원하지 않는다고. 나는 공포에 사로잡혀 있었다. 엄마의 분노한 얼굴이 내 이성을 마비시켰다.

나는 내 팔로 일곱 번째 팔을 붙잡았다. 이걸 부러뜨려야 한다. 이놈만 없으면 왼쪽 셋째 팔이 알아서 시험을 마칠 것이다. 나는 미친 듯이 일곱 번째 팔을 부러뜨리려고 힘을 썼다. 우지직 소리를 내며 드디어 일곱 번째 팔이 부러졌다. 무리가 간 탓인지 원반을 부착한 가슴에서도 피가 흘러내렸다. 하지만 부러뜨렸다. 이제 문제가 없다.

다음 순간 나는 등골이 싸늘해졌다. 일곱 번째 팔이 부러지고 나서야 이성이 돌아온 것이다. 이 기계, 분명히 10억이 넘는 거다. 보통 팔이 10억이니 이건 10억도 넘을 거다. 멍청하기 짝이 없는 내가 이걸 부러뜨린 거다. 1등을 해봐야 평생 일해서 기계값 물어줘야 할 판이다. 그래, 그래도 1등만 한다면! 남보다 더 빨리 시험을 마칠 수만 있다면! 어차피 팔은 부러졌다. 이제는 1등을 하는 것 말고는 답이 없는 상황이다. 나는 왼쪽 세 번째 팔이 처음부터 조작을 다시 시작하는 것을 애타는 마음으로 지켜보았다.

제어 장치 조작을 끝마쳤다는 버저가 울렸다. 이런, 내 버저가 아니다. 대체 누구지? 나처럼 멍청한 놈이 또 있었구나. 나는 절망에 빠져 그쪽을 바라보았다. 나보다 더 빨리 멍청하게 일곱 번째 팔을 부러뜨린 그놈을 노려보았다. 모든 수험생의 눈이 그쪽을 향하고 있었다.

그 친구는 이마에 송골송골 맺힌 땀을 닦고 있었다. 우리의 눈은 튀어나올 것처럼 커졌다. 땀을 닦는 그 팔 아래 축 늘어져 있어야 할 그것들이 없었다.

그렇다.

그 친구에게는 로봇 팔이 없었다. 세상에 맙소사. 그는 부모님의 태내에서 가지고 나온 두 팔만 가지고 있었다. 우리의 세 번째 팔과 일곱 번째 팔이 싸우는 동안 그는 마치 거북이처럼 계속 꾸준히 달려나가 시험을 마친 것이다.

일곱 개 팔의 무게가 내 연약한 무릎에 아프게 걸리는 것을 느꼈다. 팔을 일곱 개씩 달려면 다리도 두 개는 더 달아줘야 하는 것이 아닐까 하는 터무니없는 생각만 떠올랐다.

철학자

1.

"생명은 어디서 오는 것일까?"

철학자 크시아투스는 철필로 삑삑 소리를 내며 석판에 글을 썼다. 그는 날카로운 눈으로 자신의 제자 열두 명을 바라보았다. 수제자를 자처하는 히피아르스가 대답했다.

"대지의 여신 알모하란의 은총으로부터 생겨납니다."

"왜 그렇게 생각하지?"

히피아르스는 난처한 얼굴이 되었다.

'1에 1을 더하면 왜 2가 되지?'라는 질문과 다를 바 없는 질문이기 때문이다.

"그것은…… 그것은……."

스승을 여신만큼 존경하는 히피아르스는 차마 다음 말을 꺼낼 수 없었다. 불쑥 그 대답이 다른 이의 입에서 나왔다. 스스로를 가장 사랑받는 제자라 여기는, 버릇없는 클레이모아가 금기스러운 이야기를 꺼내버린 것이다.

"그거야 들판에 나가 5분만 서 있어 보면 알 수 있습니다. 사냥꾼들이 여우를 잡고 있으면 얼마 되지 않아 새 여우가 대지 위에 저절로 나타나는 것을 볼 수 있으니까요. 대체 왜 이런 뻔한 질문을 하시는 겁니까?"

크시아투스는 씩 웃음을 머금었다.

"뻔한 질문이라고? 사람은 태어났으니까 그냥 사는 것이냐? 너는 철학을 왜 공부하는 거냐?"

클레이모아는 파랗게 질린 안색으로 얼른 무릎을 꿇었다.

"잘못했습니다, 스승님. 어리석은 제자의 생각이 짧았습니다."

크시아투스는 더 이상 클레이모아를 바라보지 않았다.

"생명체가 나타나는 것은 대지 위라고 할 수도 있지만, 허공중이라고 할 수도 있다. 가령 새나 박쥐와 같은 생물들은 허공중에서 나타난다. 동물들의 발이 땅 위에 붙어 있다고 해서 그것이 대지 위에서 나타나는 것이라고 한정 지을 수는 없는 것이다. 어쩌면 생명은 공기의 신 람푸파이스의 은총으로 생겨나는 것일 수도 있다."

제자들 사이에 "오오"라는 감탄이 흘렀다.

"그러나!"

크시아투스는 번득이는 눈길로 제자들을 돌아보았다.

"나는 새로운 사실을 깨닫게 되었다."

그는 잠시 침묵했다. 아첨꾼 제자 하나가 스승의 뜻을 알아차리고 말했다.

"그 깨달음을 미천한 저희들에게도 나눠주십시오."

크시아투스에게 만족스러운 웃음이 흘렀다.

"나는 여우들을 죽이지 않는 한 새 여우가 나타나지 않는다는 것을 알아차렸지."

제자들의 얼굴에는 경이로운 표정이 떠오르지 않았다. 그 정도는 누구나 알고 있는 평범한 사실이었기 때문이다.

"즉! 생명의 소멸은 곧 새로운 생명을 탄생시킨다는 것이다! 파괴는 창조를 수반하게 된다는 것, 생과 사는 함께 붙어 다니는 것, 행복과 불행은 같은 자매라는 것이다. 제행은 무상하니, 삶은 곧 죽음이오, 죽음은 곧 삶이니라!"

제자들은 모두 자리에서 일어나 환호성을 질렀다. 지금까지 들어보지 못한 새로운 진리였다. 크시아투스는 손을 들어 올렸다. 아직 강의가 끝나지 않은 것이다.

"그렇다면 우리는 어찌해야 하는가?"

그때 한 제자가 일어나 검을 꺼내 들었다. 크시아투스가 물었다.

"토마스여, 무엇을 하려는 거냐?"

토마스는 머리를 긁적이다가 자신이 뽑아 든 롱소드를 내려다보았다.

"모르겠습니다. 흠, 흠. 갑자기 사냥을 나가야 한다는 생각이 들었습니다. 도저히 참을 수가 없습니다. 파괴를 통해 창조를 가져오는 행위를 하고 돌아오겠습니다!"

토마스는 그대로 강의실을 박차고 나갔다. 크시아투스가 고개를 저었다.

"내가 겨우 저런 것을 가르치기 위해 이야기하고 있는 것이 아니다. 다들 생각해보라! 파괴가 가져오는 것이 과연 새 생명인가? 아니다! 결코 아니다! 그것은 오직 기존 생명체의 대체일 뿐이다. 항상 개체의 수는 일정하다. 부증불감不增不減! 결코 늘어나지도 않고 줄어들지도 않는다. 그런데 우리는 무엇 때문에 애꿎은 생명을 죽이는가? 그것으로부터 새로운 생명을 보기 위함인가? 살생을 범하는 이들이여, 헛되고 헛되도다! 그로써 쌓이는 그대들의 죄를 생각하라. 누가 우리에게 여우의 생명을 죽이도록 허락했는가?"

크시아투스는 총애하는 제자 클레이모아를 가리키며 물었다.

“너는 네 자신의 의지로 여우를 사냥하고 있다고 생각하느냐?”

히피아르스는 곰곰이 생각해 본 뒤 대답했다.

“아닙니다! 스승님, 스승님의 질문을 받고 생각해보니 마치 누군가 알 수 없는 힘이 제 팔을 휘두르는 것만 같습니다! 그것은 결코 제 뜻이 아니었습니다!”

크시아투스가 만족스러운 웃음을 띠었다.

“그렇다. 그것은 우리의 뜻이 아니다. 더 이상 이런 무의미한 살생을 해서는 안 된다. 다들 자신의 무기를 꺼내라!”

제자들이 주춤거리며 무기를 꺼내 들었다.

“버려라! 일체의 탐심을 버리듯이 저것들을 버려라! 이제 무의미한 살생의 윤회에서 벗어나도록 하자!”

크시아투스가 먼저 자신의 무기인 실버 메이스를 던져버렸다. 제자들도 머뭇거리다가 하나둘 무기를 집어 던졌다. 무기를 버리지 않은 사람은 수제자 히피아르스뿐이었다. 크시아투스가 노한 눈으로 히피아르스를 바라보자 히피아르스는 머뭇거리며 말했다.

“존경하는 스승님. 여우는 부증불감한다 하여도 저희에게는 아이템이 생기지 않습니까? 그 아이템 역시 부증불감하는 것입니까?”

크시아투스의 얼굴에 당혹감이 스쳤다.

“그, 그것은…….”

히피아르스가 다시 물었다.

“깨달음을 내려주십시오.”

크시아투스가 입을 열었다. 당혹감은 어느새 사라져 있었다.

“그것은 이렇다, 히피아르스. 우리의 살심을 만족…….”

그러나 그 순간 크시아투스는 뭔가에 쫓기듯 뒷걸음을 치기 시작했다. 크시아투스는 다급하게 외치듯이 말했다.

“아, 이런…… 여신의 부르심이……. 히피아르스! 무기를 버려라! 미혹의 늪에서…….”

그러나 크시아투스는 말을 다 마칠 수 없었다. 그대로 뒷걸음치며 강의실 밖으로 사라지고 말았다.

20XX년 3월 28일 공지 사항

전체공개 20XX년 3월 28일

작성자: 운영자

캐릭터의 소지창에서 무기 아이템이 사라지는 버그가 발생한 것에 깊은 사과를 드립니다. 아직 원인을 찾아내지는 못하였으나, 과거 데이터를 확인하여 본래 무기로 되돌려드리고 있으니, 무기가 사라지신 분들은 모두 신청해주시기 바랍니다. 사과의 뜻으로 버그가 확인된 유저 님께는 24시간 유료사용권을 교부해드리고 있습니다. 다시 한번 유저 님들께 불편을 드린 점 사과드립니다.

2.

아무 곳에서도 찾을 수 없었다. 히피아르스는 안 가 본 곳이 없었다. 늘 사람들로 붐비는 헤비튼과 노련한 사냥꾼들만 드나든다는 오지의 드래곤 카푸아탄의 둥지, 유유자적한 사람들만이 신선 같은 낚시질로 지낸다는 호화 갤리선 만다크 호와 동냥질로만 먹고산다는 신참들의 도시 아마스에도, 심지어 하루 종일 다녀도 사냥감이 없다는 황당한 사막 니후르, 머리 높이를 넘는 풀들로 가득 차 사냥감이 보이지 않는다는 마쿠타 초원까지 샅샅이 뒤졌으나 끝내 아무 곳에서도 찾을 수 없었다.

물론 아카데미 안에도 스승 크시아투스는 보이지 않았다.

"스승님! 도대체 어디로 가버리신 겁니까?"

히피아르스는 절규했다. 대답은 돌아오지 않았다. 처음 하루 이틀 스승이 보이지 않았을 때는 그러려니 했다. 대개의 사람들은 두 시간이 지나면 아카데미로 돌아와 남은 하루를 보냈으나, 어쩌다 일주일씩 아카데미로 돌아오지 않는 사람들이 있었다. 지금까지 밖으로 나가 돌아오지 않았던 최고 기록은 보름이었다. 클레이모아가 딱 한 번 그렇게 오랜 시간 원정을 나갔다 돌아온 적이 있었다.

"대체 어디를 가서 그렇게 오랫동안 소식이 없었던 거야?"

클레이모아가 돌아왔을 때 물어본 적이 있었다.

"탄광에 끌려가서 죽어라고 광석을 캤어. 정말 죽는 줄 알았다니까. 잠시도 쉬지 않고 광석을 캐서 뒤에 서 있는 인간들한테 넘겨주었어. 피곤해서 죽을 것 같았지만 그게 차곡차곡 돈이 되어 쌓이니까 없던 기운이 절로 나더라고."

피골이 상접해서 돌아온 클레이모아는 한숨을 쉬며 그렇게 말했다. 클레이모아는 갑부가 되기는 했지만 반쯤 정신이 나간 상태여서 다시 사냥터에 나가기까지 꽤 오랜 시간을 휴식해야 했다. 그런데 크시아투스는 한 달째 돌아오지 않고 있었다. 새우잡이 배에 납치라도 되었단 말인가?

그날이었다. 일체의 탐심을 버리고 무의미한 살생의 유혹에서 벗어나라 명했던 그날. 그날 히피아르스 자신은 스승의 말씀을 거역하고 무기를 버리지 않았다. 그래, 그랬다. 그날, 스승은 아카데미를 떠났고 다시는 돌아오지 않았다. 스승을 마지막으로 본 날의 기억이, 기껏 스승의 명을 거역한 자신의 초라한 모습이라니!

히피아르스는 자신의 무기—'성기사의 메이스'를 바라보았다. 이 무기에 대한 탐욕이 스승의 명을 거역하게 했던 것일까? 수제자인 자신의 항명이 스승에게 회의를 주었던 것일까? 그리하여 스승은 이제 돌아오지 않는 것일까?

아니다. 그럴 리가 없다. 히피아르스는 거세게 고개를 흔들었다. 스승의 수양이 겨우 그 정도일 리가……. 이건 불신자들의 생각이 아닌가! 스승에 대한 믿음이 이렇게 약하다니, 대체 그동안 뭘 배운 거지?

"크시아투스는 거짓말쟁이였어요!"

아카데미의 광장에서 누군가가 외치고 있었다. 히피아르스는 척추를 관통하는 분노를 느끼고 광장으로 달려갔다. 큰 소리로 스승을 비방하고 있는 사람은 토마스였다. 믿음이 약한 자라 스승께 늘 혼났던 토마스. 그는 이제 크시아투스를 비방함으로써 복수를 행하고 있었다.

"보세요. 그자는 우리에게 무기를 버리라고 했지요. 나는 그 말을 따르지 않았어요! 선견지명이 있었던 거죠. 하지만 무기를 버린 사람들은 어떻게 되었지요? 모두에게 그 무기가 다시 생겼어요. 크시아투스는 부증불감이네 뭐네 그럴듯한 이야기로 우리를 홀렸지만, 세상은 그런 게 아니에요!"

"그럼 어떤 거지?"

음산한 목소리로 이의를 제기한 사람은 스승이 가장 총애하던 제자 클레이모아였다.

"세상은 여신의 은총에 의해 이루어져 있고, 우리는 여신의 즐거움을 위해 살아가는 존재라는 거지! 우리가 여신의 뜻에 반하는 행동을 한다면 그에 걸맞은 응징을 받는다는 거지!"

토마스의 고함에, 클레이모아도 맞고함을 질렀다.

"선지자는 본래 탄압을 받는 법이지! 너 같은 놈은 스승님의 신들메를 맬 자격도 없는 놈이야!"

"더러운 냄새나는 신발끈 따위는 내가 사양하겠어!"

둘 사이에 싸움이 벌어질 것은 자명했다. 히피아르스는 둘이 주먹다짐하기 전에 떼어놓고자 그사이로 뛰어들려고 했다. 그 때 클레이모아가 의외의 발언을 했다.

"넌 스승님이 도망쳤다고 생각하는 모양이지만, 난 스승님을 만났어!"

히피아르스의 눈이 등잔만 해졌다. 히피아르스는 클레이모아에게 달려가 그를 흔들며 큰 소리로 물었다.

“그게 정말이야? 스승님을 만났다고? 오, 맙소사!”

클레이모아는 냉랭한 눈초리로 히피아르스를 바라보며 말했다.

“네게는 오시지 않았단 말이야? 스승님은 인간의 한계를 넘어 시간과 공간의 제약을 받지 않는 몸이 되셨지. 그걸 몰랐나?”

히피아르스는 피가 싸늘하게 식는 것을 느꼈다. 히피아르스는 차가운 목소리로 말했다.

“무, 물론이지. 하지만 스승님이 그걸 이야기하지 말라 하지 않았던가? 너는 왜 천기를 누설하는 거지?”

클레이모아는 흥, 하고 코웃음을 친 뒤 말했다.

“넌, 배덕자가 나타나면 사실을 공개할 때라는 스승님의 말씀을 듣지 못했군그래. 저길 봐! 누가 보이지? 배덕자 토마스가 서 있잖아!”

히피아르스는 일시적으로 말문이 막혔다. 수제자 히피아르스를 물리친 클레이모아는 큰 소리로 광장에 모인 사람들에게 외쳤다.

“아이템은 자연히 생겨나는 것이 아닙니다! 그것은 우리에게 탐심을 심어주기 위해 생겨나는 것입니다. 그것을 만들어내는 것은 우리들의 허영심입니다.”

토마스가 이의를 제기했다.

“거짓말이야! 우리는 아이템을 만질 수도, 느낄 수도 있어. 뻔한 실체를 인정하지 않겠단 말이냐?"

클레이모아가 노골적으로 비웃음을 보냈다.

"네가 가장 아끼는 아이템을 땅바닥에 내려놓아 보시지? 네가 그 물건에 대한 탐심을 버리고 그것을 대지에 돌려주면 그 아이템은 사라지고 말아, 영원히! 우리는 허상을 좇아 탐심에 물든 삶을 살고 있는 겁니다! 자신이 가진 것들을 버리세요. 우리가 이 세상에 태어났을 때 모습 그대로 살아가도록 합시다. 탐욕도, 피도, 살생도 없는 평화를 이룩하도록 합시다!"

당장 그 말을 따르는 사람은 없었다. 그러나 사람들의 눈에는 의혹이 가득했다. 그리고 며칠이 지났다. 사람들의 태도가 바뀐 것은 토마스 때문이었다. 어느 날 토마스가 크시아투스를 만났다고 선언한 것이다. 그 전날 클레이모아와 토마스가 만났다는 것을 안 사람은 히피아르스뿐이었다.

사람들은 열광했다. 모두 자기 아이템을 버리기 시작했다. 히피아르스는 그 아이템들이 대지의 여신 알모하란의 품에 돌아가기 전에 클레이모아가 챙기는 꼴을 눈여겨보았다. 저것은 스승의 뜻이 아니다. 히피아르스는 그렇게 생각했다. 스승이 탐심을 버리고 무기를 버리라고 한 것은, 물론 실제로 자기의 무기를 버리기도 했지만, 그것은 하나의 상징적인 행위에 불과했다. 단지 가진 것을 버리는 것은 실제로는 자신을 포기하지 않기 위해서, 강제로 환경을 바꾸는 것뿐이라는 것을 히피아르스는 깨달았다. 진정으로 강력한 의지를 가지고 있다면 그 물건들을 가지고 있다 해도 스승의 뜻을 따를 수 있어야 한다. 그 때문에 스승님은 단지 무기 하나만을 버렸던 것이다. 자기 의지의 상징으로! 그렇다. 히피아르스에게도 깨달음이 왔다. 그 역시 깨달은 자—아라한이 된 것이다.

20XX년 8월 31일 특별 공지

전체공개 20XX년 8월 31일

작성자: 운영자

일부 캐릭터의 아이템이 사라지는 버그가 발생한 점에 심심한 사과를 드립니다. 사라진 아이템은 특정 캐릭터에게서 발견된 바, 해킹이 있었는지 조사 중에 있습니다. 해킹으로 이런 일이 일어났다면 계정 영구 금지 등의 강력한 조치를 취할 것입니다. 이미 공지해드린 바와 같이 전일 발생했던 무기가 사라지는 사고를 일으킨 버그 캐릭터는 영구 삭제 조치가 취해졌습니다. 때문에 이번 버그는 그와는 관련이 없는 것입니다. 게임 이용에 불편을 드린 점 다시 한번 사과드리며, 최대한 신속하게 원상복구 해드릴 것을 약속드립니다.

3.

“스승님의 뜻은 오로지 나만이 이어받고 있다.”

히피아르스는 입술을 깨물었다. 거짓말쟁이 클레이모아가 아이템을 챙겨서 큰돈을 벌고 있는 꼴을 더 이상 그냥 두고 볼 수 없었다. 두고 보아서도 안 될 일이었다.

“대지의 여신 알모하란의 이름으로 거짓 예언자 클레이모아를 고발한다!”

히피아르스는 평소 스승 크시아투스가 강의하던 강의실에서 큰 소리로 부르짖었다. 그러나 고발은 오래가지 못했다. 클레이모아의 수제자가 된 토마스가 추종자들을 우르르 끌고 들어와 철퇴 한 방으로 히피아르스를 때려눕혀 버린 것이다. 그들은 히피아르스를 질질 끌고 나가 황야에 던져버렸다.

히피아르스는 머리통이 깨져 죽어 있는 자신의 시체를 내려다보고 있었다.

“살아날 것인가, 아니면 이대로 열반에 들어갈 것인가?”

열반—적멸은 두려운 것이 아니었다. 깨달음을 얻은 자, 아라한이 된 히피아르스에게 열반이란 끝없는 윤회의 세상에서 벗어나는 구원일 뿐이었다. 그리고 그곳은 이미 스승 크시아투스가 간 길이기도 했다. 그를 이 세상에 붙들어 매고 있는 것은 거짓 진리에 현혹된, 공기의 신 람푸파이스의 자식들을 측은하게 여기는 마음뿐이었다.

그때였다. 시체를 보고 자칼 하나가 어슬렁거리면서 다가왔다. 부활을 선택하려던 히피아르스는 잠깐 결정을 미뤘다. 자칼은 시체를 끌고 가기 시작했다. 저들에게 히피아르스의 시체는 그저 일용할 양식일 뿐이었다. 히피아르스는 미소를 지었다. 어쩌면 그동안 이렇게도 좁은 시야를 가져왔을까 하는, 자신에 대한 허탈한 웃음이었다.

히피아르스는 부활했다. 그는 다시 가진 자신의 단단한 육체를 만져보았다. 그 육체로 해온 일들을 생각했다. 사막 니후르에서 잡았던 거대 사막 도마뱀, 마쿠타 초원에서 잡은 은빛 갈기 사자, 호화 갤리선 만다크 호에서 맞섰던 블루 씨 서펜

트……. 그러나 역시 최고의 기억은 스승과 열두 형제들과 함께 잡았던 오지의 드래곤 카푸아탄이었다. 그 단단하고 역주문 방지가 걸려 있던 황금의 비늘이여! 파괴되지 않는다던 메탈리움 사슬 갑옷마저 파괴하던 상아색의 날카로운 이빨이여! 그러나 열두 형제의 주문은 고대로부터 내려오는 보호의 주문을 깨고 드래곤의 심장을 찢어버렸다. 카푸아탄은 고막을 찢어버릴 듯한 비명을 지르며 자신의 둥지에서 떨어져 내렸다. 열길 위의 벼랑까지 흙먼지가 날렸었다.

몬스터들은 왜 인간을 공격하는 것일까? 히피아르스는 그 생각을 여태 한 번도 하지 못했던 것에 스스로 놀라고 말았다. 공기의 신 람푸파이스가 불필요한 생명을 만들어냈을 리는 없다. 왜 생명체들은 끝없이 새로 만들어지는 것일까? 그들은 인간의 아이템을 가져가지도 않는다. 만약 인간의 아이템에 욕심이 있어서 인간을 죽이고 있다면, 인간들이 아이템을 버렸을 때 그것들을 가져갔어야 한다. 하지만 대지의 여신 알모하란이 아이템을 회수해 갈 때까지 어떤 몬스터도 그것에 눈독을 들이지 않았다.

그렇다. 몬스터들은 오직 인간에게 흥미가 있을 뿐이다. 그들은 인간으로부터 무엇을 얻어내는 것일까? 히피아르스는 깊은 흥미를 가지고 몬스터와 인간의 관계에 대해서 관찰을 시작했다. 그리고 영특한 그답게 금방 해답을 알아낼 수 있었다.

"들어보시오! 몬스터는 인간이 되고자 인간을 습격하는 것이오!"

히피아르스는 강의를 시작했다. 사람들은 놀라운 그의 말에 흥미를 느껴 모여들기 시작했다.

"나는 이 세상의 모든 사냥터를 돌아다녀 보았소! 그리고 하나하나 관찰한 끝에 드디어 진리를 알아낸 것이오! 사람들이 많은 사냥터에는 몬스터가 적소! 몬스터가 많은 사냥터에는 사람들이 적소! 이것은 무엇을 의미하는 것이겠소?"

"네 놈이 바보라는 거지!"

클레이모아가 뒤에서 비아냥거렸다. 히피아르스는 무시해버렸다.

"그것은 이미 위대한 철학자 크시아투스 스승님이 갈파한 진리, 부증불감의 원칙이 여기에도 적용된다는 것이오! 몬스터와 인간은 그 수가 같은 것이오! 하나가 늘어나면 하나가 줄어드는 것이오! 우리는 서로 윤회하고 있다오!"

감탄의 소리가 군중 속에서 흘러나왔다. 히피아르스는 목소리를 높였다.

"우리 사회는 최근 뉴비들이 부족하여 각종 문제에 부딪히고 있소. 이것은 몬스터들이 인간으로 환생하지 못하기 때문에 일어나는 현상이오! 그렇다면 어떻게 해야 몬스터들이 인간으로 환생할 수 있겠소? 이것이야말로 우리 사회를 멸망으로부터 구원할 가장 중요한 열쇠인 것이오!"

사람들은 열광하기 시작했다.

"그 방법이 무엇이오? 방법을 밝히시오!"

히피아르스는 드래곤 카푸아탄처럼 포효했다.

"몬스터에게 죽는 것이오! 100명의 인간을 잡아먹은 몬스터는 인간으로 환생할 수 있소! 우리는 우리 스스로 뉴비를 만들어낼 수 있는 것이오! 몬스터에게 저항하지 마시오! 그들에게 잡혀 죽는 것이 바로 우리를 구원하는 길이라는 것을 명심하시오! 이것이야말로 짐으로써 이기는 길이오, 죽음으로써 영원히 사는 길이오!"

사람들은 히피아르스의 가르침에 깊은 감명을 받고 너나할 것 없이 죽기 위해 사냥터로 뛰쳐나갔다. 남아 있는 사람은 클레이모아뿐이었다. 히피아르스가 이글거리는 눈빛으로 클레이모아를 노려보며 말했다.

"너, 거짓 예언자여! 너의 사기 행각이 이제 천벌을 받을 때가 되었느니라! 심판의 날에 너는 무저갱의 불구덩이에 떨어져 영원히 꺼지지 않는 불 속에서 고통 받으리라!"

그 순간 클레이모아는 꺼지듯이 사라지고 말았다.

20XX년 12월 17일 특별 공지

전체공개 20XX년 12월 17일

작성자: 운영자

그동안 누차에 걸쳐 경고한 바, 시스템 해킹으로 타인의 아이템을 불법 취득하여 부당한 이득을 취하던 캐릭터를 영구 제명 조치했습니다. 해킹 사실을 제보해준 유저 님께 심심한 감사의 말씀을 올립니다. 더불어 어제 일어난 전투 불능 버그로 인한 손실은 복구 조치가 완료되었습니다. 금번 버그가 일어난 이유에 대해서는 아직 조사 중입니다. 차후 이런 일이 벌어지지 않을 것을 약속 드립니다.

댓글 1 : 집어치워라! 허구한 날 나오는 버그, 이젠 무섭지도 않다. ↳Re

댓글 2 : 아이템이 없어지질 않나, 해킹을 당하질 않나, 전투 모드가 안 되질 않나, 이 게임 무서워서 하겠냐? ↳Re

댓글 3 : 업데이트는 언제 하냐? 인간 말고 다른 종족 만든다고 한 지가 1년도 넘었다. 이러니 신규 유저가 안 들어오지! ↳Re

댓글 4 : 모두 관두고 와우나 하러 갑시다. 신규 유저가 없어서 아이템도 안 팔리고, 할수록 손해예요. 다들 떠납시다! ↳Re

댓글 5 : 내 캐릭터 살려내라! ↳Re

4.

히피아르스는 고민에 빠져 있었다.

아무리 몬스터에게 죽어도 뉴비들은 늘어나지 않았다. 아니 늘어나기는커녕 점점 더 사람들이 줄어가고만 있었다. 히피아르스는 탄식했다.

"왜 세계는 점점 죽어가고 있는가? 무엇이 세계를 멸망으로 이끌고 있는가?"

그것은 철학자가 마땅히 고민해야 하는 문제였다. 그리고 해답을 찾아야 하는 문제였다. 히피아르스는 식음을 전폐하고 아카데미 안에서 이 문제의 해답을 찾아 고민을 거듭했다.

그는 아카데미 밖으로 나가지 않았기 때문에 바깥세상의 소식은 전적으로 다른 사람들에게 의지할 수밖에 없었다. 들려오는 이야기는 언제나 암울할 뿐이었다.

"문제는 빈익빈 부익부입니다."

히피아르스의 수제자를 자처하게 된 헥토르는 그렇게 주장했다.

"빈익빈 부익부?"

"스승님은 드래곤 카푸아탄을 잡으신 적이 있지요?"

헥토르의 말에 히피아르스는 먼 옛날의 영광을 다시 돌이켜보았다. 스승님의 지휘 아래 용감히 나아갔던 열두 명의 형제들. 주문과 돌격. 이틀간의 혈전.

"열셋이서 이틀이나 걸렸죠?"

이틀이나? 히피아르스의 회상은 그 한마디에 깨지고 말았다. 히피아르스의 미간에 주름이 잡혔다. 헥토르는 아랑곳하지 않았다.

"지금 고수들은 혼자서도 잡습니다. 30분 만에."

"헉!"

숨을 들이키고 말았다. 이 무슨 괴수들이란 말인가? 카푸아탄을 혼자 잡는다고? 인간의 힘으로 그것이 정녕 가능하단 말인가?

"장비가 뒷받침을 해주어야 합니다. 세인트 세트 시리즈가 대표적인 장비죠. 세트 효과로 화염 방어율이 30퍼센트나 되기 때문에 카푸아탄의 입김을 막을 수 있습니다. 세인트의 장검은 세트 시리즈를 장착하는 경우에 한해서 방패를 착용하고 한 손에 들 수 있으며, 역주문 방지가 걸려 있어서 카푸아탄의 황금비늘을 깨뜨릴 수 있습니다."

히피아르스는 신음을 내뱉었다. 그런 장비가 있다면 카푸아탄을 혼자 잡는 것이 가능할지도 모른다.

"뉴비가 줄어들면서 중간층도 점차 엷어지고 있습니다. 동료를 구해 카푸아탄을 잡는 것도 쉽지 않죠. 돈 모으기가 점점 더 어려워지고만 있습니다. 하지만 멋들어진 장비를 갖추고 있는 부자 고수들은 점점 더 부유해집니다."

그렇다. 히피아르스는 위대한 스승 크시아투스가 내린 영원불멸의 가르침을 떠올렸다. 부증불감의 원칙! 누군가 부자가 된다면 누군가 가난해져야 하는 것이다. 알모하란의 재화는 일정한 법이니까. 저 부자들은 바로 가난한 자들이 가져야 할 부를 독차지하고 있다. 그 때문에 아무리 몬스터에게 희생을 한다 해도 뉴비가 태어나지 않고 있었던 것이다. 죽을 때마다 잃어버리게 되는 돈! 그 돈은 마땅히 뉴비들을 위해서 재사용되어야 할 돈이었거늘, 부자들이 그 돈을 싹 쓸어가고 있었던 것이다.

히피아르스는 오랜만에 강연회를 열기로 했다. 헥토르를 불러 강연 공고 포스터를 붙이게 했다. 포스터를 들여다본 헥토르가 안색이 변해서 말했다.

"이 강연을 정녕 하실 생각입니까?"

"그렇다."

"아니 됩니다. 이 강연은 하시면 아니 됩니다."

"뭣이라?"

헥토르가 포스터를 펼치며 말했다.

"우리의 적은 부자. 그들을 몰아내야 한다,라니요. 스승님, 아카데미는 부자들의 기부금에 의해서 운영되고 있습니다. 이 점을 명심하십시오."

히피아르스가 쌍심지를 돋웠다.

"비겁한 놈 같으니라고! 밥이 두려워 진실을 외면하겠다는 것이냐? 철학자가 되어서 돈에 연연하다니!"

하지만 헥토르는 물러나지 않았다.

"그거야 스승님이 직접 밥을 구하지 않으시니까 그렇게 말씀하실 수 있는 겁니다. 시설 관리비와 장비 수리비가 얼마나 드는지 아십니까? 부자들의 기부가 없다면 우리는 진작 길거리에 나앉았을 겁니다."

"그게 어디 공짜로 되는 일이냐? 그만큼 명성을 올려주고 있지 않느냐! 한심한 놈!"

"욕하셔도 어쩔 수 없습니다. 기부를 통해서 얻을 수 있는 명성이란 참 하찮은 것입니다만 부자들이 스승님의 얼굴을 봐서 그럭저럭 기부하고 있을 뿐입니다. 그런데 스승님이 그 사람들을 공격하면, 이제 직접 사냥에 나가시는 길밖에 남지 않을 겁니다."

"허, 참!"

"문제는 재화입니다. 재화를 균등 분배할 것만 궁리치 마시고, 재화를 늘릴 방법을 생각해내실 수는 없으신지요?"

바보 같은 제자였지만 그 주장은 참신했다. 재화를 더 늘린다면 뉴비들도 좋은 장비를 갖출 수 있을 것이다. 그렇다면 다시 한번 알모하란의 대지가 사람들로 북적대고, 시장이 흥청망청 번성할 수 있지 않을까? 재화가 늘어나면 그만큼 뉴비들도 늘어나게 되는 것이 아닐까? 히피아르스는 일단 강연회 계획을 접고 다시 명상에 잠겼다.

모든 재화는 부증불감이다. 이 원칙은 크시아투스 스승이 찾아낸 것으로 절대불변의 진리였다. 따라서 재화가 단순 증가한다는 것은 있을 수 없는 일이었다. 하지만 재화의 양이 뉴비의 수와 관련이 있다면 이것은 서로 다른 성질의 것이라고 여겨온 것이 서로 밀접한 관련을 가지고 있다는 증명이 되는 것이리라. 히피아르스는 크게 소리쳤다.

"유레카!"

제자들이 어떤 깨달음이 그에게 왔는지 듣기 위해 몰려왔다. 히피아르스가 천천히 입을 열었다.

"우리가 사는 세상은 절대적이고 완전무결한 것이 아니다."

어려운 이야기였다. 제자들이 술렁댔다.

"모든 것은 상대적인 것이다. 우리가 달려 나가면 나무와 풀들이 우리 뒤로 사라지는 것처럼 보인다. 우리가 배를 타면 배는 가만있고 파도도 그저 올라갔다 내려갔다 하는 것처럼 보이지 않느냐? 하지만 시간이 지나면 우리는 델로스 섬에 도착해 있다."

달려간다는 말에는 고개를 갸우뚱하던 제자들이 배를 타고 인어의 섬 델로스에 가는 예를 듣고는 고개를 끄덕였다.

"우리는 우리 자신이 늘 세상의 중심에 있다고 느낀다. 세상은 나를 중심으로 돌아간다고 생각한다. 하지만 네게 있어선 네 중심으로 움직이고 또 네게 있어선 네 중심으로 돌아가고 있는 것이다. 내게는 내가 중심이지만 네게는 네가 중심이다. 이 모든 것은 상대적이다."

제자들이 다시 고개를 끄덕였다. 분명히 그런 느낌이 있었다.

"보라, 세상의 만물도 그러할지니 여우는 여우를 중심으로, 드래곤은 드래곤을 중심으로 돌아갈 것이다. 또한 물질과 생명

또한 둘로 분리된 것이 아니라 서로 단지 상대적일 뿐이라는 점을 알아야 한다."

제자들의 끄덕임이 멈췄다. 헥토르가 물었다.

"그게 무슨 말씀입니까? 그럼 물질이 곧 생명이라는 말씀입니까? 물질만능주의입니까?"

히피아르스가 혀를 찼다. 수제자라는 놈이 저런 천박한 인식을 하고 있으니…….

"물질은 생명 곱하기 절대시간의 제곱으로 환원될 수 있느니라."

"절대시간이란 무엇입니까?"

"이 우주삼라만상을 총괄하는 단위는 시간이니라. 절대시간이란 재화, 즉 물질을 획득할 수 있는 사냥 시간을 가리키는 것이다."

곧 제자들 사이에는 이 수식의 값을 구하려는 맹렬한 계산이 벌어졌다. 히피아르스는 단지 '물질'이라고 말했으므로, 모든 재화의 기본을 구성하는 기초 단위로서 '물질'의 양이 계산되어야 금화 한 닢의 실제 수치가 계산될 수 있었던 것이다. 그리고 그 결과 나온 값은 어마어마해서 모두들 입을 딱 벌리게 되고 말았다.

헥토르가 눈을 빛내며 말했다.

"정말 대단한 값입니다. 생명 하나의 가치가 이처럼 엄청난 재화가 된다는 것이 이해가 되지 않을 정도입니다. 하지만 그 값이 너무 터무니없어 현실적으로 증명될 수는 없을 것 같습니다."

"헥토르여, 생명을 물질로 치환하려고 하는가? 그것을 가리켜 물질만능주의라 한다. 내가 이 값을 구한 것은 그 때문이 아니다. 절대시간은 하나의 상수이기 때문에 생명과 물질은 함수관계에 있는 것이니라. 즉, 생명이 증가하면 물질이 증가한다. 그러므로……"

헥토르가 자신의 이마를 탁 소리가 나도록 쳤다.

"물질이 증가한다면 생명도 증가하겠군요. 그리고 물질을 증가시키는 방법은 사냥과 생산뿐이니 우리는 더 열심히 사냥과 생산에 매진해야겠군요!"

히피아르스가 웃으며 말했다.

"헥토르여, 무엇을 그리 성급하게 생각하느냐? 내가 내 이론을 증명해 보이마."

히피아르스는 델로스 섬으로 타는 배가 있는 곳으로 제자들을 데려갔다.

"자, 여기서 배를 타면 슬라핀 하천을 따라 내려가게 된다. 배에 올라타기 전에 너와 거래창을 열도록 하겠다."

히피아르스가 거래를 신청하자 헥토르가 수락했다. 창이 열리자 히피아르스가 말했다.

"네가 소중히 여기는 아이템을 올려놓도록 해라."

헥토르는 망설이다가 자이반의 방패를 올려놓았다. 아직 물욕보다 스승에 대한 존경심이 컸던 것이다.

"창을 열어놓은 상태에서 거래 승인을 눌러라. 그리고 배에 올라타라."

히피아르스는 거래 승인을 누르지 않았다. 창은 계속 열려 있는 상태였다. 히피아르스는 배가 떠난 뒤에야 거래 승인을 눌렀다. 자이반의 방패가 히피아르스에게 넘어왔다. 몇 시간 후 헥토르가 델로스 섬에서 돌아왔다.

"헉! 스승님, 그 방패는?"

헥토르의 건장한 팔뚝에는 여전히 자이반의 방패가 붙들려 있었다. 자이반의 방패가 둘로 나누어진 것이다. 히피아르스의 기적! 히피아르스가 제자들을 향해 두 개의 방패를 들어 보이며 말했다.

"이것이 바로 상대성 이론에 의한 물질 분열이다. 맨날 하천만 타면 되는 것이니 이것을 '맨해튼 플랜'이라 부르겠노라!"

재화의 절대량이 증가하면 부의 가치가 떨어지게 된다. 엔트로피의 증가. 그리고 그것은 뉴비의 탄생으로 이어질 것이었다.

물질과 생명은 연동되어 있으니까. 히피아르스는 자신의 개인 치부를 위해 이론을 개발한 것이 아니었으므로 그 자신은 한 번도 물질 분열을 이용하지 않았다. 두 개가 된 자이반의 방패도 헥토르에게 돌려주었다. 그러나 히피아르스가 간과한 것이 있었다.

한창 물질 분열에 애를 쓰던 제자들이 한꺼번에 모두 사라지고 만 것이다. 마치 스승 크시아투스가 사라진 것처럼. 히피아르스는 오랫동안 그들이 돌아오기를 기다렸다. 하지만 그들은 돌아오지 않았다. 그제야 히피아르스는 자신의 실수를 깨닫고 새파랗게 질린 얼굴이 되고 말았다.

결국 크시아투스가 옳았던 것이다. 부증불감의 원칙. 물질이 늘어난 만큼 생명의 개체 수가 줄어들 수밖에 없는 것이었다. 이 세계는 닫힌 우주였던 것이다. 즉, 그 우주 전체의 총량이 정해진 상태라는 것을 히피아르스는 깨달았다. 그렇기 때문에 물질 분열을 행할 때마다 그것을 행한 사람의 수명이 줄어들었던 것이다. 히피아르스는 짚단처럼 허물어졌다. 이 커다란 죄과를, 멋모르고 사람들을 죽음으로 인도한 죄과를 어찌 갚아야 할지 알 수 없게 되고 말았다.

20XX년 8월 16일 특별 공지

전체공개 20XX년 8월 16일

작성자: 운영자

최근 업데이트 된 인어의 섬 델로스로 가는 배를 이용한 복제 버그를 악용했던 유저들의 계정을 영구 금지 시켰습니다. 게임 내 버그가 발견되면 즉각 운영진에게 통보해야 하며 그것을 악용하여 게임 내 질서를 어지럽혀서는 안 됩니다. 버그를 발생시켜 게임을 정상적으로 이용하는 성실한 유저 님들께 실망감을 드린 점 깊이 사과드리며 다시는 이런 일이 재발하지 않도록 노력하겠습니다.

댓글 1 : 이제 나오다 나오다 복사 버그까지 나오냐? 아주 막장을 달려라! Re

댓글 2 : 간만에 업데이트한다고 했을 때부터 이럴 줄 알았다. 1년 만에 다시 들어온 내가 병신이다. Re

댓글 3 : 1년 만에 다시 들어온 내가 병신이다. 22222 Re

댓글 4 : 이 게임 아직도 하는 사람이 있었냐? 와, 징한 인간들 정말 많다. Re

댓글 5 : 내 캐릭터 살려내라! Re

5.

세계는 멸망하고 있었다. 도시의 광장에는 헐값에 아이템들을 내놓는 개인상들이 늘어났다. 이제는 그들마저도 숫자가 줄어들었다. 내놔봐야 팔리지 않기 때문에 내놓을 필요도 없어진 것이다.

언제나 사람들로 붐비던 헤비튼의 광장. 그곳도 이제는 조용했다. 도시를 경비하는 가드들만이 무료하게 광장을 거닐고 있을 뿐이었다. 상점의 문은 열려 있었지만 그곳으로 들어가는 사람은 보이지 않았다. 이들 성실한 가게 주인들은 그러거나 말거나 24시간 내내 상냥하게 손님을 맞이할 준비를 하고 있었다.

히피아르스는 가드에게 다가가 물어보았다.

"그대는 보이지 않는가? 세계의 멸망이? 그대는 멸망을 피해 달아나려 하지 않는가? 그대가 바친 그 충성의 대상이 이제는 더 이상 존재하지 않는데, 그대는 여전히 이 성을 지키고자 하는가?"

가드는 대답했다.

"무엇을 도와드릴까요?"

"나를 도울 필요는 없네. 자네 자신을 돕도록 하게."

자기 키의 두 배쯤 되는 창을 가볍게 한 손으로 쥐고 있는 이 거대한 몸집의 가드는 혹시 자신의 말이 상대의 기분을 거스를까 조심스럽게 다시 말했다.

"도움이 필요하면 언제든지 말씀하십시오."

세계는 이처럼 근엄하게 멸망해가는 중이었다. 히피아르스는 알 수 없었다. 부증불감의 원칙은 어디로 사라진 것일까? 왜 세상은 멸망하고 있을까? 사람의 숫자가 줄어든 만큼 몬스터의 숫자가 늘어난 것일까? 히피아르스는 하루 종일 여우들의 숫자를 세어보기도 했다. 하지만 여우들의 숫자는 변하지 않았다. 신참들의 도시 아마스에서 호화 유람선이 떠 있는 만다크 호로 가는 퍼언 골짜기는 좁은 협곡인지라 여우의 숫자를 세는 데는 안성맞춤인 곳이었다. 99마리. 그 이상이 된 적은 한 번도 없었다. 점점 사람들이 줄어들고 있었으나 퍼언 골짜기의 여우 숫자는 변함이 없었다.

전 세계를 한 번에 내려다볼 수는 없으니까, 히피아르스가 모르는 어딘가에는 몬스터들이 더 있을지도 몰랐지만, 그렇지는 않을 것이다. 히피아르스는 자신이 가볼 수 있는 곳은 모두 가보았다. 그리고 분명 과거보다 더 몬스터들이 많이 있다고 여겨지는 장소란 단 한군데도 없음을 확신할 수 있었다.

알 수 없는 이유로 세계는 멸망하고 있을 뿐이다. 멸망해가기 때문에 그 모든 자연법칙마저도 붕괴해버리고 있는 것일까? 스승의 그 위대한 깨우침마저도 세계의 멸망이라는 초유의 사건 앞에서는 아무 가치도 없는 것이 되어버리고 마는 것일까? 히피아르스는 길게 한숨을 내뱉었다. 하기는 이제 와 깨달음을 얻는다 한들 무엇 하겠는가? 누구에게 그 사실을 알릴 것인가? 도움이 필요하면 언제든지 말씀하라는 말밖에 할 줄 모르는, 자신의 임무를 껴안고 세계와 함께 멸망할 저 가드들에게? 친절한 미소를 머금고 상품의 가격을 하나하나 설명해주는 것 이외에는 아무 생각도 하지 않는 저 상인들에게?

그럴 필요가 없는 일이었다. 죽음과 직면하지 않은 저들은 진정한 삶의 깊이를 알지 못한다. 그들은 마치 몬스터처럼 목적도 없는 시간을 살아갈 뿐이다. 그들은 이곳과 다른 세계라 해도 똑같은 말들을 내뱉으며 아무 불편함 없이 살아갈 수 있으리라.

다른 세계라 해도…….

다른 세계라 해도…….

다른 세계라 해도…….

다른 세계가 있을까? 절벽으로 가로막힌, 대지의 여신 알모하란과 공기의 신 람푸파이스의 축복 속에 만들어진 이 세계 말고 또 다른 세계가 있을까? 그곳에는 알 수 없는 이름을 가진 다른 여신이 있을까? 그리고 그곳에는 새로운 사람들이 이 세계가 처음에 그랬던 것처럼 죽음 앞에 물러서지 않고 모험을 찾아 동굴과 드래곤의 둥지를 뒤지고 있을까?

부증불감의 원칙은 이 작은 세계에 머무는 것이 아니라, 전 세계에 걸쳐서, 세계와 세계를 뛰어넘으며 존재하는 것이 아닐까? 스승의 높은 통찰력은 우주를 관통하고 있었던 것이 분명했다. 히피아르스는 다시 한번만 스승의 얼굴을 볼 수 있기를 간절한 마음으로 빌었다.

"히피아르스!"

스승의 목소리가 들리는 것 같았다. 그 장중하면서도 걸걸한 목소리. 드디어 세계가 멸망했구나. 그리하여 스승이 있는 세계로 내가 옮겨진 것이 틀림없었다. 히피아르스는 뒤를 돌아보았다. 스승이 그곳에 있었다. 스승의 실버 메이스를 손에 꼭 잡은 채.

"히피아르스, 오랜만이구나."

그 뒤로 수제자 헥토르도 보였다. 자이반의 방패를 단단히 붙잡고 서 있었다.

"스승님! 헥토르!"

차라리 세상이 멸망한 것이 다행이라는 생각이 들었다. 이토록 그리워하던 이들을 다시 볼 수 있다니. 그러나 그들에게 달려가는 순간 움찔하게 만드는 얼굴을 발견했다.

"히피아르스, 잘 지냈어?"

클레이모아였다. 저 원수 같은 것도 이곳에 있었구나.

"여기가 천국은 아니겠군."

"갑자기 뭔 소리야? 천국이라니?"

"너 같은 악당이 이곳에 온 걸 보니 여기가 천국이 아니라고. 이 사기꾼아."

제자 헥토르가 퉁명스럽게 말했다.

"사기꾼은 너잖아!"

히피아르스는 심장이 멈추는 줄 알았다.

"물질을 복제하는 법을 개발하는 통에 이 세계로 영영 못 돌아올 뻔했다고! 간신히 이제야 사면을 받았구만."

"이, 세, 계, 로?"

"아, 몰라. 이제 나 아는 척하면 죽인다."

헥토르는 방패를 거칠게 흔들더니 등을 돌리고 성큼성큼 걸어 나갔다. 히피아르스는 영문을 알 수 없어서 스승 크시아투스를 바라보았다.

"뭔가 착각을 하고 있는 모양이구나, 히피아르스. 이곳은 대지의 여신 알모하란이 만들고 공기의 신 람푸파이스가 축복을 내려주신 우리들의 땅이다. 사후세계 같은 곳이 아니다."

"그, 그렇습니까? 그럼 예전처럼, 그저 예전처럼 돌아오신 겁니까?"

히피아르스는 감격에 겨워 말을 잇지 못했다. 그렇다. 부증불감의 원칙에 따라 어떤 극점에 도달한 세계는 다시 팽창하기 시작한 것이다. 그 죽음의 순간을 겪은 사람이 자기 하나라는 사실이 자랑스러웠다. 세계의 멸망과 부활을 동시에 본 단 한 사람의 현자. 그것이 바로 자신, 히피아르스였다.

"히피아르스, 그동안 많은 일들이 있었을 것이다. 하지만 오늘은 그런 것을 잊고 예전처럼 사냥이나 나가볼까? 카푸아탄의 둥지로 가서 드래곤을 잡는 것도 괜찮겠지."

"그, 그러시죠. 위대한 스승이시여. 제가 앞장서겠습니다."

히피아르스는 성기사의 메이스를 집어넣고 세인트 장검을 꺼내들며 앞장섰다. 헐값에 나왔던 세인트 세트를 다 장만한 게 얼마나 잘한 일인가! 이제 스승님 앞에서 세인트 장검을 한 손으로 들어 올리고 드래곤의 화염을 몸으로 받아내는 위용을 보여드릴 수 있지 않겠는가! 그리하여 드래곤 카푸아탄의 심장을 꺼낸 뒤에는 다시 아카데미에 모여 이 세계와 우주의 진리에 대하여 밤새도록 논쟁을 벌일 수 있으리라. 이제 다시는 헤어지지 않아도 될 것이다.

히피아르스는 벅찬 감격에 몸을 떨었다. 오, 축복받은 대지여, 영원하라!

20XX년 1월 8일 특별 공지

전체공개 20XX년 1월 8일

작성자: 운영자

컴백홈 이벤트에 참여해주신 유저 님들께 진심으로 감사드립니다. 신년맞이 대축제 컴백홈 행사에서는 그동안 불의의 사고로 계정이 정지된 분들도 모두 계정을 회복시킬 수 있게 해드렸습니다. 오랜 기간 게임을 즐길 수 없었던 것으로 잘못에 대한 징계는 충분했다고 생각하고 있습니다. 물론 정지 계정을 되살려 들어오신 분들도 신년맞이 대축제 경품 이벤트에 참여하실 수 있습니다. 온라인 게임 사상 최대의 경품이 걸린 이번 신년맞이 대축제 컴백홈 행사에 참여해주신 여러분께 모두 감사드립니다.

댓글 1 : 이번 이벤트에서 성과 없으면 이 게임 서버 닫힌다는 소문 진짜예요?

↳Re

댓글 2 : 서버 당 동접이 300도 안 되니 별별 짓을 다 하는구나. 열 시간만 채우면 이벤트 요건 충족이니 딱 열 시간만 접속하마. ↳Re

댓글 3 : 이거 이미 접기로 결정되어 있어요. 운영진에서 사비 걷어서 이벤트 하는 거라던데요? ↳Re

댓글 4 : 사상 최대의 경품이 PC 세 대냐? ↳Re

댓글 5 : 유저가 적어서 당첨 확률은 높겠다. ㅋㅋㅋㅋ ↳Re

사육

나는 무서워서 벌벌 떨고 있었다. 어른답지 못한 행동이란 것은 두말할 나위가 없었다. 하지만 무서운 것은 무서운 것이었다. 형은 내 등을 두드리며 말했다. 물론 한 손은 휴지를 들고 있었으므로 한 손만으로 두들겼다.

"그냥 따끔할 뿐이야. 걱정할 건 하나도 없어. 이제 너도 가족의 일원으로 멋진 어른이 되는 것뿐이야."

형의 코맹맹이 소리는 언제 들어도 그럴듯하다.

"그리고 이거 봐라. 원시 시대의 두루마리 휴지가 아니야. 21세기형 곽 티슈가 지급된다고. 야야, 정말 말하기도 끔찍해. 그 질긴 두루마리 휴지 때문에 내 코 주변은 늘 헐어 있었지."

딱, 소리가 들렸다. 마침 일어난 아버지가 형의 뒤통수를 때린 것이다.

"까고 있네. 네 놈이 회색 두루마리 휴지 시절을 알아? 그건 코 한 번 풀면 바로 코 주변이 빨갛게 부풀어 올랐다고. 하루 만에 몽땅 헐어서 피가 질질 흐를 정도였지."

아버지의 눈이 먼 과거를 회상하는 듯 흐려졌다.

"그럼 어쩔 수 없이 병동 신세를 져야 하는데, 항생제가 투입되면 순도가 떨어지기 때문에 등급이 내려가게 된다고. 그렇게 해서 사라진 녀석들도 하나둘이 아니었지."

"사라져요?"

"우리는 그나마 거주 제한 구역만 벗어나지 않으면 자유롭게 돌아다닐 수 있는 복지 농장에 있지만, 그렇게 되면 모두 몸도 돌리기 힘든 감방행이야."

형도 거들었다.

"그뿐이 아니지. 얼굴도 못 돌리게 고정된다고 하더군. 자동 채취 기계가 딱 들러붙는다고. 그거 알아? 당장 따끔한 건 문제도 아니라고."

내가 무서운 것은 따끔한 그런 것이 아니었다. 아버지에게 물었다.

"아버지는 어떻게 살아남으신 거예요?"

"후후, 나는 휴지를 쓰지 않았어. 손가락을 이용했지. 고대로부터 내려오는 우리 집안의 비전 기술이다. 너도 다녀오면 알려주마."

"형은 그 기술을 배우지 않았나요?"

"쳇, 그런 품위 없는 기술 따위는 배우고 싶지 않아."

형은 고개를 팩 돌렸다. 그리고 나는 이제 가야 할 시간이 되었다. 자경단원이 이미 문밖에 서 있었다. 정말 아프지 않은 걸까? 나는 불안과 공포로 질질 다리를 끌며 자경단원을 따라갔다. 주사를 맞고 고열에 시달리다가 죽어버렸다는 이야기. 아버지는 그게 그저 괴담에 불과하다고 했지만, 형은 사실이라고—형네 반 친구 중에도 죽은 사람이 있다고 말했다.

주사를 맞는 줄은 꽤나 길었지만 요즘은 완전 자동화되어 팔만 집어넣으면 접종이 되기 때문에 순식간에 줄어들었다. 접종을 하는 동시에 일련번호도 부여받는다. 그 번호가 내 생산번호인 것이다.

"336457-1132457"

따끔했다. 형 말이 맞았다. 그냥 따끔할 뿐이었다. 하지만 이제부터 시작일 뿐이라고 했다. 5분도 지나지 않아 열이 오르는 것을 느낄 수 있었다. 눈 주위가 가려워졌다. 눈이 타오르듯이 아팠다.

"자자, 빨리빨리 눈을 대라!"

자경단원들은 회초리를 내리치며 아이들을 재촉했다. 검안 장치에 눈을 갖다 댄다. 그러면 온도가 표시된다.

"38.5도. 합격."

나는 합격했다. 온도가 39도를 넘어가도 불합격이다. 신체가 너무 혹사당하기 때문에 좋은 품질을 유지할 수 없다고 한다. 콧물이 떨어졌다.

"뭐 하는 거냐! 정신 차려!"

자경단원이 아슬아슬하게 내 콧물을 받아냈다.

"첫 콧물이 얼마나 비싸게 팔리는지 알고 있기나 한 거냐?"

어린아이의 콧물일수록 높은 가치를 지닌다. 하지만 열세 살이 되기 전의 콧물 채취는 법으로 금지되어 있었다. 그 나이에 주사를 맞으면 견디지 못하고 죽을 확률이 50퍼센트가 넘기 때문이라고 했다. 자연스럽게 감기가 걸린 아이의 콧물이 채취되는 경우가 있는데 거액에 유통된다고 했다.

훌쩍!

나도 모르게 콧물을 들이켰다가 다시 한 대 맞았다.

"생산품을 먹어버리다니, 제 정신이냐? 빨리 풀어!"

휴지에 코를 풀었다. 나가는 입구에는 이 초비수初鼻水를 넣는 통이 있다. 내 것을 넣자 3개월이라는 표시가 나왔다. 내 목숨은

3개월 연장된 것이다. 이제야 안도의 한숨을 내쉴 수 있었다.

어딘지 모르는 저 먼 외계 행성에서 지구를 찾아온 거인들에게 온 인류는 정복당했다. 거인들이 지구에서 빼앗아가고자 한 것은 그 많은 동식물과 자연 자원이 아니었다. 인간의 콧물이 그들의 고질병을 고치는 데 필요했다. 거인들은 거대한 돔을 짓고 인간들을 그 안에 집어넣었다.

열다섯 살이 되면 인플루엔자 바이러스를 강제 주사해서 콧물을 뽑아낸다. 양질의 콧물을 내놓으면 그때마다 살 수 있는 개월 수가 늘어난다. 자기 개월 수를 다 쓰고도 좋은 콧물을 뽑아내지 못하면 바로 사망. 사료가 아깝다는 이유였다.

콧물에는 불순물이 섞이지 않아야 했다. 따라서 코가 헐었다가는 만사 도로나무아미타불이다. 나는 아버지한테 달려갔다.

"비법을 전수해주세요."

아버지는 얼굴을 치켜들고 왼손으로 한쪽 콧구멍을 막았다. 그리고 오른손에는 휴지를 들었다.

"휴지를 대지 말고……."

아버지가 코맹맹이 소리로 말했다. 늘 막혀 있는 코여서 한쪽 콧구멍을 막으나마나 똑같은 소리로 들렸다.

"코를 푼다."

흥, 소리와 함께 아버지 코에서 콧물이 발사되었다. 아버지는 한 치의 오차도 없이 오른손에 들고 있던 휴지에 콧물을 받아냈다.

"순도 100퍼센트의 콧물을 받아내고, 코도 헐지 않는다."

아버지는 의기양양하게 말했다. 정말 좋은 방법이다. 아버지처럼 잘할 수 있도록 노력해야겠다. 오늘도 콧물이 바람에 스치운다.

작가의 말

SF는 과학으로 하는 상상

초등학교 6학년 때 일입니다. 학교 정문으로 나가야 집에 갈 수 있었는데, 늘 학교 후문으로 나가서 친구 집을 먼저 갔습니다. 친구 집의 책을 읽고 싶어서였죠. 책을 빌려서 집에 가져갈 수 있으면 좋았을 텐데, 친구도 너무나 아끼는 책들이라 빌려주질 않았습니다. 친구 집에서 보고 오는 수밖에 없었죠. 두근두근 가슴을 졸이며 책장을 넘겼습니다. 머리만 살아 있는 인간을 만들거나 우주선을 타고 로봇과 함께 모험을 떠나는 이야기 같은 기묘하고 무섭고 신나는 이야기들이 잔뜩 있었습니다. '아이디어 회관 SF 전집'이라는 수십 권의 책들이었죠.

어려서부터 작가가 되고 싶다고 생각했기 때문에 언젠가는 나도 이런 이야기를 쓰리라 마음먹게 되었습니다.

나는 여러 편의 역사 소설과 판타지 소설, 추리소설, SF를 써 왔습니다. 과거와 공상과 과학을 소재로 소설을 쓰기 때문에 왜 그렇게 여러 방향의 소설을 쓰는지 물어보는 사람들이 있습니다. 이런 소설들은 사실은 모두 다 같은 소설입니다. 상상을 표현하고 있는 거죠.

인간이 동물과 다른 점 중에 가장 중요한 것은 상상을 한다는 데 있습니다. 과거에 있었던 일을 놓고 상상을 해서 소설을 쓰면 역사 소설이 되고, 범죄를 상상해서 소설을 쓰면 추리소설이 되고, 마법 세계를 상상해서 소설을 쓰면 판타지 소설이 되겠죠. 과학적인 사실을 가지고 상상해서 소설을 쓰면 SF가 됩니다.

SF는 Science(과학)와 Fiction(소설)이라는 말로 만들어진 단어입니다. 당연히 과학적 지식의 뒷받침이 매우 중요합니다. SF에서는 사람의 머리를 살아 있게 만들기 위해서 마법사가 주문을 외우는 방식을 사용할 수는 없습니다. 몸에서 분리된 머리가 살아 있게 하기 위해서 그럴듯한 과학 지식이 독자들에게 제공되어야만 합니다. 지금은 불가능하지만 기술의 발전으로 가능할 것이라는 합리적인 예측이 있어야 하죠. 하지만 그것만은 아닙니다.

미래 예측이 틀렸다고 해서 소설의 가치가 사라지는 것은 아닙니다. SF의 아버지라 불리는 H. G. 웰스는 화성에서 지구를 침공하는 『우주 전쟁』이라는 소설을 썼는데, 오늘날에는 화성에 지적인 생명체가 없다는 것이 밝혀져서 『우주 전쟁』은 사실일 수가 없게 되었습니다. 하지만 그렇다고 해서 이 소설이 재미가 없어진 것도 아니고 소설로서 가치를 잃은 것도 아닙니다. 소설은 상상해서 쓰는 이야기일 뿐 미래를 맞추는 예언서는 아니니까요.

초등학교 시절 집에 가는 것도 미루게 하면서 나를 끌어들였던 SF의 매력은 기기묘묘한 상상에 있었습니다. 이 책에 나오는 '하이퍼트라디튬'이라는 말도 상상의 산물입니다. '하이퍼'는 '초월'이라는 뜻이고 '트라디튬'은 전승이라는 라틴어로 만든 말입니다.

과학을 바탕으로 하되 과학을 뛰어넘는 상상. 상상과 현실은 서로를 밀어주면서 미래를 열어왔습니다. 그 둘을 묶어주는 일에 SF가 위치하죠. SF는 과학을 좀 더 친근하고 가깝게 여길 수 있게 해줍니다. 그리고 가슴을 뛰게 만들죠. 상상과 현실과 미래가 SF에 있습니다.

이 책을 읽는 독자 여러분도 어린 시절의 나처럼 두근두근하는 마음으로 상상 속의 미래를 즐길 수 있으면 좋겠습니다.

2019년 3월 이문영

ORIGINAL MAN

오리지널 맨

초판 발행 2019년 03월 25일
초판 3쇄 2020년 01월 15일

저자 이문영
발행인 이진곤
발행처 블랙홀
출판등록 제 25100-2015-000077호(2015년 10월 26일)
주소 경기도 파주시 문발로 405
전화 02-338-0092
팩스 02-338-0097
홈페이지 www.seentalk.co.kr
E-mail seentalk@naver.com

ISBN 979-11-88974-19-1 44800
979-11-956569-0-5 (세트)

이 도서의 국립중앙도서관 출판예정도서목록(CIP)은 서지정보유통지원시스템 홈페이지(http://seoji.nl.go.kr)와 국가자료공동목록시스템(http://www.nl.go.kr/kolisnet)에서 이용하실 수 있습니다.(CIP제어번호: CIP2019009462)

블랙홀은 씨엔톡의 자매 회사입니다.